三民叢刊 303

嶺深道遠

莊因 著

三民書局 印行

前言

思親、懷友、憶故人，是本書重點。而對母親的懷念，則又是重點的重點。所以，排在全書之首，以篇名「嶺深道遠」提升為全書書名，就是這個道理。中外皆一，除了極鮮少的例外，總地來說，為子女的都冠以父姓。可是在人生的過程中，父親除了投精成孕，培育一個人的生命到入世的全部歷程，多半都是母親獨力完成的。母親的愛與恩，恰如明月在天，輝散出平和、慧亮、溫暖和慈愛的光芒，不似太陽照射得使人螫痛，氣極敗壞，火躁甚至感受到壓力。感恩，從人性的角度出發，首先應該感謝的人就是母親。

「嶺深道遠」，不但是懷舊，也是作者對生活的一種感念。作者不用嚴肅的文字闡釋生活，也不用浪漫亮麗的辭藻去凸出生活，而僅用感性理性交織的文字去述說鋪陳。這使生活在生活中，更富有嶺深道遠的深遠意義。

一切的新，都萌發於固有的舊。這是我邁入老境後真正的體驗。非常厚實。而人生苦短，出自深嶺，路途何其長遠。

嶺深道遠

目次

第四輯　小　品

第一輯

思親懷友憶故人

嶺深道遠——懷念母親

去年十一月初旬自大陸回來，收到住在紐約的三弟莊喆的信，說：「《嶺深道遠》之展（在臺北市亞洲畫廊）適在媽媽仙逝後二日，是繼去年在歷史博物館的羅漢像主題展後以山水為主題之展。感念父母養育教化之恩，如今已近垂暮之年，這點成績就獻給他們二位吧。我這次回臺之行是別具意義，尤需向你詳說媽的人生最後一程：上月二十五日晨抵桃園機場，至臺北途中塞車，遂以手機撥給靈弟，當即知媽的心跳已降至最低，要我逕赴陽明醫院病房。到後與老母耳語，未幾心跳恢復幾至正常。難道不是知道我嗎？下午我去辦理諸事，囑咐小弟隨時通知我。次日六時即起身，因昨晚睡得不好。去大安公園晨走一小時，回程在和平東路上『丹堤咖啡』吃早餐，返師大學人招待所，得靈弟電話留言，稱媽媽已在清晨三時二十分仙逝了。」

媽媽可說是客死他鄉了。

而得知她老人家客死他鄉的我，卻是在她生我於斯的故鄉北京。我是在那裡旅遊作客投宿海淀區花園路北大醫學部第三院留學生公寓得知她老人家仙逝的消息。提供消息的是人在他鄉之鄉（臺灣臺北士林外雙溪洞天山堂）的四弟莊靈。

從他鄉的美國，暫回原本故鄉而今已是他鄉的我，得悉母親的去世當然是慘然的。而母親在他鄉（母親的故鄉是東北吉林）之他鄉的臺北駕鶴而去，似乎更其慘然了。尤其是駕鶴西歸的正確時刻是清晨三時二十分，人都在夢境中特別清寂的瞬間。

媽媽生我於北京的協和醫院。而我此次知悉她老人家的過世雖非人在該院，卻也是在與醫有關的北大（醫學部）三院，似亦可謂巧合了。媽媽大概至死還不知道，其實她生我於斯的協和醫院仍在，經過了驚天動地的災變後連名稱都未更改。但是，她老人家老年的病情已不容我知道她是否仍知。媽媽給予我生命，可是我此生第二度回到了已經易名的故鄉北京，而竟是在那兒得知她離鄉戰亂中南北奔走最終結束了坎坷一生的地方卻是海外孤島的臺灣。最令我感到遺憾與悲痛的是，她與我的永別，竟是當我人在他鄉既溫且生的故鄉茫茫然的睡夢裡。

喆弟真的比我幸運，因為他畢竟在媽媽謝世前趕到病榻與之耳語，讓媽媽「已減至最低的心跳幾至恢復正常。」而我沒有。誰會知道如果我有機會在她告別人世前跟她耳語，她是否會明張雙目，望著我，甚至會跟我說些什麼？

媽媽的遺體是在臺北「龍巖人本」公司二樓靈堂家祭過了，移送殯儀館「安順」廳（「安順」這名字也正好與抗戰期間我們家住貴州省的「安順」縣同名）後火化的。家祭的祭文，靈弟囑我執筆。我這樣寫：

母親大人申若俠女士，民國前六年四月二十四日生於吉林，民國九十五年十月二十六日凌晨三時二十分仙逝於臺北市立陽明醫院。享壽一百零一歲。

我們對於母親的體認，是從小在中日戰爭輾轉流亡各地的長期苦難歲月中感知的。她生育、教養了我們，這一份濃烈深厚的感情，彷彿風雨霜雪後的陽光，帶給了我們無限溫馨的盎然生意，也同時賦予了我們極大的庇佑。她一生勤儉自斂、忍勞、任怨，守法盡職，以身作則；這種身教，讓我們在成長過程中，得到恆定的支持與自信的滿足。

母親，您在臺灣辭世，遠離了故土，客死他鄉定是您老人家的一大憾事。您仙逝之日，除了三子、四子四媳，兩個孫女、孫女婿及他們的孩子隨侍在側外，長子（申）已故去多年，而二子因則以長期棲遲域外，未能親侍左右，這可說是您的第二大憾了。也惟其如此，我們的心情是無比悲慟哀傷的。

母親，我們將會將您的靈骨安葬在臺中大度山下，與父親同穴。這樣，或許您就不會感到太過孤單與寂寞了。

母親，請您安息吧！

去年十二月四日，我自北京返美再返臺參加靜宜大學邀約的「中國書畫藝文國際研討會」會後，曾至臺中大度山東海墓園祭掃先父母靈墓。那天天氣很好，陽光普照。墓碑的碑文已經新敷上金箔，顯得清晰美觀。我們供上了鮮花，行了禮。美麗、靈弟、夏生與我在燦爛陽光中離去。汽車自大度山馳往臺中市區的時候，我突然憶起了齊大姐邦媛教授在她的〈故鄉——父親齊世英逝世十年祭〉一文中，描寫她回到了東北齊老先生（我應稱世英老伯的）的故鄉時的思潮澎湃：「爬到丘頂，我沒有悲情，反似冷眼看著驚心動魄的土地大挪移。滄海、桑田，就在我眼前接壤。……沒有風，也沒有一片雲，天地默默。溫伯大夢(Rip Van Winkle)在山裡一睡二十年，回到村莊，鬢髮皆白，發現故鄉已經不是他的世界了。爸爸，我這樣回到了你曾魂牽夢縈而終老不能回歸的故鄉，也走了這麼遙遠的路。在臺灣淡水的山坡上，你已經知道了吧。」而我已經十多年未能與媽媽作口語溝通了。雖則我尚未去過母親的故鄉吉林，但我知道那也是跟邦媛大姐的父親的故鄉遼寧一樣，同在東北。而且是在更遠更北的東北。當然，那裡也肯定經過了驚心動魄的土地大挪移的。媽媽，您一定也已經知道了吧！

母親在臺度其四十五歲生日時，父親曾填寫了一首小詞〈西江月〉為賀。其中有這樣的幾句：「三十年來伴侶，八千里路同還。庭前玉樹自欣然，無忘松花江畔。」松花江畔即是伊的故鄉。我記得抗戰時期的〈流亡三部曲〉中有這樣兩句歌詞：「離別了白山黑水，走遍了黃河長江。」媽媽不但是這樣，她更跨海到了臺灣。我在一九六四年離臺赴澳時，父親也曾寫了一詩給我：「水擊三千里，飛行一日航；叮嚀無別語，祇道早還鄉。」半世紀以來，「鄉」已數易，故鄉與他鄉，我已在其間來去行走過無數遍了。一九八五年楚戈曾為韓國的中國詩人學者許世旭教授的詩集《雪花賦》的出版，畫了該詩集的封面，是一個背負著「故鄉」流浪在渡頭的人。畫面上還題寫了世旭的詩句：「渡口的歲月，渡船的班次，還沒有認清。裝滿了的背包裡，都是發黃的信件。」母親的後半生，即使到她仙逝之時，我想她也都一直背負著那樣的一個包袱。但包袱中裝滿的或恐不是發黃的信件，而是移動的故鄉吧。

「移動的故鄉」，這有蒼涼之感的五個字使我想起了陶淵明的〈歸去來辭〉：「歸去來兮！田園將蕪胡不歸！」陶氏「舟遙遙以輕颺，風飄飄而吹衣。問征夫以前路，恨晨光之熹微。乃瞻衡宇，載欣載奔；僮僕歡迎，稚子候門。……引壺觴以自酌，眄庭柯以怡顏；倚南窗以寄傲，審容膝之易安。」他的歸去來是因為自認「誤落塵網中」，且有家鄉可歸。而母親呢？她自抗戰爆發，負家逃離生我於斯的故鄉北京，八千里路雲和月，就再也沒有回過她的故鄉了。對她來說，怕是千真萬確的「失鄉」了。「失」，不一定是「忘」。即使生前歸去，看見「忘不了」的鄉的「失去」，也是枉然。那份淒情，也定然令人鼻酸。

這樣吧，下回我返臺，媽媽，我一定會再至您的墓前，把齊豫女士的歌曲〈橄欖樹〉放給您聽：「不要問我從哪裡來，我的故鄉在遠方……流浪……」

媽媽，您的故鄉是在海那邊白雲深處的遠方！

媽媽，您還記得嗎？大約三十年前，我在海外懷念感念和思念您時，曾經寫過一篇〈母親的手〉小文。在那篇文章裡，我說您有一雙至大完美的手，指甲上從未塗抹過蔻丹，也從未加過任何化妝品的潤飾。是那雙手，牽引我步入這繁雜險艱的人世。然後，它們撫我、護我、衛我、教我、育我、愛我、督我、導我、懲我、責我。您原本纖秀似玉的一雙手，在七七抗戰的砲火下經過風霜洗禮，竟脫胎換骨，變得厚實、堅強，足以應付任何苦難艱辛的巨掌了。我知道您不會游水，在冥域，隔了海峽，您會愁憂。但您不要怕，媽媽，請把您那雙至大完美的手給我，我會緊握了，無論是乘風或是浮海，帶您回到白山黑水的松花江畔——您終老不能回歸的故鄉去。

媽媽，一言為定啊！

（寄自加州）

二〇〇七年五月十三日美國《世界日報》

敬悼大愛摘星詩人紀弦

紀老走了。

從在報上見到消息之後，這幾日，他那直挺、有神、率真、活潑一似梧桐頂天立地大樹的身影，一直在我心中晃動著。壽高一百零一，這個數字令我想到許多有關的情事：縱貫加州南北的一〇一號公路；聳立臺北市區內拔地而起的一〇一大樓；和母親的壽數。一百，肯定是一個很有吸引力度、也同時是個很具權威感的數字。「百」上再加一，就更予人出類拔萃的領受了，那是一種不凡。

紀老生於一九一三年，我生於一九三三年，他是足足長我二十整歲的長者，尤其是他的身高更形成了對我這個後輩延頸仰望的「長者」形象。

我初聞紀弦其名，初知紀弦其人，還是我在臺北讀大學的青年時代。就在那年（一九五三），為當時寫新詩的現代派詩人揭纛大旗的人紀弦所創辦的《現代詩》季刊出版了。紀弦所倡導的現代詩，簡單地說是要以中國民族文化的認知為基礎，而捨棄傳統詩（即舊詩）的形式拘束及文字的襲用，譜寫全新的詩。傳統詩以「詩情」為本質，而現代詩以「詩想」為本質，前者重感性，後者則重知性，這樣的理論在當時引起詩壇傳統與創新的兩派大辯論。

對於以紀弦為代表的現代派新詩理論，說得最要約而又清楚的人，我認為是中國大陸編著《紀弦詩選》的藍棣之先生。他說：「紀弦認為舊詩與新詩是兩個傳統，兩座金字塔，舊詩早就達到它的頂點，再沒發展的餘地。今日寫新詩意味著一座全新的金字塔的建造……。從地面上看，確是兩個東西，而從地底深處看，它們自然是相通的。二者皆詩，都是文學，都是炎黃子孫所寫，為何不能相通呢？」依我個人的看法，新詩之所創，正如「詞」之出於「詩」，問題是不像「詞」之不同於「詩」，不但在體制格式上有其變化，更有了新名不叫「詩」，俗稱其為「長短句」。然則在文類上，詩、詞是屬於同一類的。藍棣之先生還說：「紀弦作為開創者的急進色彩和反傳統姿態，他的很多論點都在臺灣詩壇引起舉世矚目和曠日持久的論戰。」

我跟紀老相識相交，是在我們同客北加金山灣區棲遲天涯的時候。紀老是一個對整個宇宙有大愛的詩人，他曾說：「我的全靈全肉全生命，每一個細胞，每一根鬍子都充滿了無限的愛。」這簡直就跟「觀自在」一樣，他有摘星的癡狂，對於任何結緣的人與地，都深深愛著，純純愛著。

這種大愛，當然包括了對故鄉的愛。在〈懷鄉病〉一詩中，他寫道：「又是蒙古寒流南下的季節了，怎不令人想起小時候後花園中那些高大的梧桐樹而黯然神傷呢？」在〈茫茫之歌〉中又寫道：「呵！就在你茫茫的那邊，那邊，我的故國也茫茫，我的家鄉也茫茫。」這種愛的無奈，似發自內心的箭，又反射回他的大愛心房，且看他的〈觀音山組曲〉：

總有一天　我要去
攀登黑龍江省佛山縣的觀音山
總有一天　我要去
看看位於廣州市北的觀音山

總有一天　我要到
南京市觀音門外的觀音山上去

紀老不經心地已道出了他「觀自在」的菩薩心懷。「自在」就是他的詩心呀！與紀老談說，其語言明朗宏闊，氣透丹田，有少年發言的激越和逼人的衝動，跟詩句一樣令人容煥、神搖、臆熱。

紀老走了。

想起李白詩句「醒時同交歡，醉後各分散，永結無情遊，相期邈雲漢。」當我仰望夜空，但見繁星點點閃爍時，我知道星群中的某一顆，就是「紀弦星」，我依然會舉杯說：「紀老，祝你永遠快樂。」

（原刊於北美華文作家協會網站「詩人紀弦紀念專輯」）

懷念高克毅先生睿智諧趣的風格

——記花旗二高之一

整理書房，先將一壁書架上的書冊加以齊劃調整；次之抽汰掉部分稍嫌欠端的文字善本；再把受到冷落怠慢的後期蒐藏（因書架空間有限，致無由體面舒身廁立他賢之旁，而竟長期散臥在他書頭上的大著加以扶正）分類歸檔羅列書林，足足花了兩個小時。當然，輕撫珍拭，吹去封面微塵等小事自也稍費時間。然縱使如此，較之吸塵、洗拭衣物、堆抱垃圾等日常瑣事雜務，究竟尚屬文化性的活動，也就樂此不疲了。

畢生鑽研中英語文的文化推手

整理書架案頭時，常會有大發現及突如其來的感懷：諸如對某書到手之經歷原已相忘，彷彿愧對老友故人，竟因疏待曠日，而遲遲握晤；某書失而復得（友人借去，再轉借第三者，未期我本人在原冊上的簽名及隨手識記竟遭塗抹一去，而不幸又偏偏自第四者手中還歸書主。歷經滄桑，大難餘生，重返酒蟹居書架之上歇息）；某書承著者高誼雅贈，再次翻閱時，書在人亡，不勝欷歔……。而這次檢書見及喬志高（George Kao，中文姓名高克毅）先生贈書《灣區華夏》(*Cathay by the Bay*)，便是屬於書在人亡的。

是書有子題曰《一九五〇年代的金山華埠》(*San Francisco Chinatown in 1950*)，一九八八年香港中文大學出版，印象中可能是克毅先生生前最後一本英文著述了。該年六月二十一日，著者在書的扉頁上簽寫了「送給美麗——為我們兩人書畫合作留念」的字樣自美國東岸寄贈。美麗，是我妻小名，書贈給她而未贈給我，讀者可能覺得霧水一頭。我願意再補充說明一下。其實，在前面克毅先生簽贈的題寫底下，還有他謙遜地閃身一旁的簽名及我應在其左並列空留簽名處下方寫好的「同贈」二字。事情是這樣：一九八八年春間，克毅先生偕夫人訪問臺、港，道經金山（三藩市），專程來訪酒蟹居。承其美意，邀約我為其待出之《灣區華夏》一書設製封面（畫作）並為書之內容插圖。前此一年，我曾為楊明顯女士大著《長白山下的童話》（臺北純文學出版社出版）一書，遵出版社主持人岳母林海音女士旨令作插圖，大概克毅先生見及（或緣岳母大人內舉，讓我的「第三支筆」拋頭露面），遂作寵邀。初生之犢竟然不敢違命。克毅先生在贈書的題寫中說「為我們兩人書畫合作留念」，顯然是把我「抬舉」了。克毅先生極重視文字，為人又風趣，在贈書這樣的一樁小事上，竟也充分見證了他一貫睿智和諧趣的風格。

傾蓋如故

一九八八年克毅先生幸訪酒蟹居，於今正好二十年。他是我岳父母生前友人。克毅先生生前多冊中文著述都由岳母大人林海音主持的純文學出版社出版，他們因此結識。我的岳父母是久居北京頗有京味兒的文化人，而克毅先生雖生於美國，大學卻是返回北京的燕京大學完成的。他們都有著浸享的「京味兒」背景，於是從商業關係進一步建立了友誼。那次克毅先生會幸訪酒蟹居，除了我在前面提及的岳母大人與他之間的「內線」關係外，我臆測或許與我在美國西岸大學中從事對洋生徒傳輸中國文化的教育工作有關。化番靠的是語文知識及真正興趣，而克毅先生正是畢生對中、英兩種語文努力不懈作出深刻詮釋的文化推手。基於此，故有意與我結為忘年之交吧。

那次他幸訪酒蟹居一小時，我於接到電話後一直蹊蹺不止。時間雖稱短暫，他卻留下了滿室自然親藹優雅又復詼諧的談笑，讓我覺得初識而有故友重逢的酣適愉快。妻與我原擬在外邊設宴接待貴賓，不意克毅先生微笑婉卻了，他說：「我的下一本書就是寫金山的唐人街，所以這次貿然相訪，其實是一石二鳥，要請閣下為蕪作《灣區華夏》設計（實則繪製）封面及內容插圖。既過金山，焉能不去金山大埠再做一次唐人，吃它一餐雜碎（Chop Suey）？此番原應由我做東，但雜碎終非待客之道，我只能獨享。下次專程過境造訪，當再以美式牛排恭請閣下及夫人好了。」

雖說我與克毅先生僅有緣慳一二面之會，但是，從那年以後，一直到二〇〇七年，每到聖誕新年時刻，我與妻都有一張卡片投寄克毅先生，而對方也必有回卡，且在卡片上寫滿諧趣的文字。最初於每年一卡的同時，我們還會附寄支票一紙，這是代岳母大人致上克毅先生大著的稿費及版費。克毅先生戲稱此錢是「不義之財」。實際上，他由純文學社出版的中文著述，甚受歡迎。他這麼說，真是又見高氏幽默了。

克毅先生二〇〇八年春間過世，他的家人寄來的追思紀念卡上還特別用了中文排印出孟子的「大人者，不失其赤子之心者也」這一句。中文的下面，且附有英文翻譯：He is a great man who has not lost his childhood heart. 克毅先生的子嗣把孟子的「大人」一語

「私化」了，譯成「He」，很巧妙，頗傳神；更說克毅先生是一位 great man，足見子嗣對於其生前做文化交流的大力推介是有一定程度的推崇認同與尊敬的。

自宅認作他鄉

我與克毅先生之間這種卡片往返、互通有無的聯繫，從一九八八年一直延續到二〇〇七年，差一年就足二十年。二〇〇八年四月知悉克毅先生謝世的消息後，也曾讀到兩三篇追念他的文字。我平常在書房工作的時候，偶爾也會向一壁書架上打量，還多次看到克毅先生贈的大著《灣區華夏》。這次整理書案書架，特意將該冊取下，彷彿克毅先生的親切笑語又自書頁間跳彈出來。上月我收到香港董橋兄寄贈的散文精裝大著《絕色》及《故事》二書後，即時上架，有意安排在克毅先生的大著左近，心請董兄陪伴克毅先生的寂寥。董兄出生香港，於臺灣完成大學學業後，返回籍地工作。而克毅先生曾任職香港中文大學，且他們二位對於在中國大陸及臺灣的中國人來說，都是「僑」，我這樣把他們捉對安排在一起，似也稍費苦心。還有一點，他們二位都是精通英語，又都是不自戴高帽子且長期以中文著述的高人，我據此將他們的著作在書架上歸為一類，諒可得到兩位君子的首肯。他們當年在港是否相識我不知道，但克毅先生已逝，至少我這樣做，似也可讓彼此互為生死之交吧！

二〇〇五年，克毅先生自佛羅里達自宅寄來的賀年卡片上這般寫道：

多謝賀卡，總是每年的第一張。去年抱歉，沒好好回覆。今次（廣東話）剛從馬里蘭呆了四個月回來，恍如涉足兩個世界（按，係指家居生活及社交生活）。相處的人和每天三餐都不同。……我於年前動過手術後，勉強維持下去，只是舉動非常緩慢。

我們知曉克毅先生與夫人原本長期棲遲馬里蘭，只逢年尾冬寒時南下佛羅里達別墅走避風雪取暖。此番他說「剛從馬里蘭呆了四個月回來」，想見他已把他鄉的馬里蘭視為他鄉之他鄉了。鄉關移動原是斷腸的事，雖說這與病體、老邁及氣候有關，卻與故國河山更加遙遠了，且偏處天涯一角了。而由他手書的字跡來看，多扭曲不整，業顯力不從心，頗不似以往的精神奕奕豁達逸揚了。他在卡片背面還寫：

又，我在 Maryland 舊居（這似更可證明我說他已視馬里蘭的自宅為他鄉之他鄉了）發現一紙箱多年前合作《灣區華夏》書稿時來往的函件，不勝今昔之感。如有要保存的（還有多幅插圖原稿），明年再去時當檢出寄奉。

除此之外，他還附寄了一篇是年唯一的在二〇〇五年十二月發表在香港《明報月刊》

上的〈哥大與我——久已忘卻但又耿耿於懷的三年〉一文的副本。該文言說克毅先生當年（一九三四）自美國中西部的小鎮「哥倫比亞」來到紐約的大學「哥倫比亞」求學三年的始末。文中自然不乏高氏的一貫幽默。茲舉一例以明。一九九一年，他生前最後一次回返紐約哥大校園參加老友夏志清教授的榮修慶祝會。克毅先生在會上演說自選的題目就是「夏志清的幽默」。他說：「我跟C. T.（夏志清英文拼音名字的簡寫）都是從黃浦江頭來的慘綠少年，都是電影迷。不過，他迷的是奧德麗赫本和加利格蘭，而我是迷早一代的瑪麗畢克馥和范朋克。前後相差二十年。我跟C. T. 同樣來到懇德堂（Kent Hall，哥大東亞語文系所在地），可是我拐錯了一個彎，（克毅先生於一九三四年入學哥大，一心要轉學政治系，主修國際關係與國際公法。因為他在燕京及密蘇里都是習新聞學的。但他感到新聞之所為學，是要從實際工作上得來，不能算是學院性的學科。哥大政治系當時的師資甚為充實，都是歐戰之後享譽國際學界及政界的響噹噹人物。克毅先生說他「拐錯了一個彎」，可能有兩種解釋：一、他不該就讀哥大政治系，應該繼續攻讀新聞。三年哥大，用他自己的話說，他感到心灰意冷，「攻讀國際關係、國際公法博士學位的念頭，決定放棄」，否則，他也可以戴上「博士」的方帽子了。二、如果他在懇德堂裡攻讀博士學位，他也可能拿到「文學」的博士學位了。）而實際上，克毅先生在哥大寒窗三年，沒有戴上一頂博士帽就自動退學了。所以，他在酒會上舉杯向 C. T. 致敬時說：There but for the grace of God, go.（假若不是靠上帝的恩典，眼前的這一位就是在下。）可是我緊著說，這句話如果由 C. T. 對我來講，應該更為正確！」

二〇〇六年克毅先生給我們的聖誕新年賀卡上，這樣寫：

> 去年這年我不太順利，五月間不慎跌了一跤，右耳受傷頗重，幸虧沒影響腦部。但究竟老邁，身心都不免衰退（請參閱二〇〇八年三月十九日臺北《聯合報》副刊黃碧端〈一個文人典型的消逝〉一文）。夏秋之際照例由二兒有德陪同，在馬里蘭舊居住了幾個月。翻檢昔日殘稿，發現我們合作編英文小書 *Cathay by the Bay* 往來的信件。其中有大作插畫原稿，應該全部奉還，以便保存為念。如蒙收納，恐要等到明年再回去寄奉了。現在我做事緩慢，請見諒。

他在卡片上書寫的字跡，跟二〇〇五年卡片上的字跡相若，都稍嫌不整且有扭曲，顯見捉筆顫抖。不過，在片頭，他特意用紅筆書寫「莊因、美麗：Merry Christmas and A Happy New Year」，真是令人感動。最令我起敬和感動的，卻是他連續兩年在卡片上提到的要把存放他處我關於《灣區華夏》一書的信件和插圖歸還以留紀念的殷殷誠意。

次年，二〇〇七年，他在給我們的生前最後一張賀卡上，歪歪斜斜的寫著：

莊因、美麗：

上個月我從馬里蘭回到此間（佛羅里達州冬園(Winter Park)市五月花院——Mayflower Court——1588號），不久就住進了養病院。我的病症是飲食不能如常，幾個月來體重減至一百磅左右。檢查過食道腸胃，並無大礙。只是三餐無法下嚥。經過一個多月的調養，無濟於事（醫院的美式伙食更加不合胃口），只好希望慢慢好轉。去年我在Maryland時，檢點舊稿，曾想將大作插圖原稿檢出奉還，不料這次體弱，無力實現，只好期諸他日。草草收行，此祝新年筆健，身心愉快。

克毅 G. K. 時年九十六足歲。

具文人典型而從不誇示

持續三年，克毅先生都不曾相忘要將我的舊稿寄還的事，且屢表歉意，這當然與他生前從事編寫一事有關。但是，其間也充分彰顯了他對於一個晚輩（克毅先生長我十有九足歲）在文事上的體尊，也更透露了他對事負責躬親的一貫態度，令我非常崇敬。其實，我能得到他的喜愛以第三支筆為其大著製繪封面及為文插圖，已覺萬分榮寵。而在我的觀念裡，東西既已出手，就像進貢的品物，自己就不再是所有權人了。如今克毅先生已登天國，那批仍存他處的舊物，希望能長伴他的音笑藹顏吧。

我讀到二〇〇八年三月十九日臺北《聯合報》副刊上黃碧端女士懷念克毅先生過世的文章，說：「喬志高（似應作高克毅）先生的去世，標誌著這世代又一個文人典範的消逝。近幾年，好幾位文化界我有幸親炙的前輩逐一辭世，我彷彿看見繁茂的大樹枝葉日漸落盡，掩襲而來的是這個時代廣大的喧囂與荒涼……」用「文人典範」四字來曉諭高氏，是很公允且凝重的用語，我十分同意。克毅先生對近代翻譯事業上的貢獻，「偉大」一語並不過分，說是「出類拔萃」，或更見允稱。加之他的溫切和藹，嚴肅而不苛，柔而不濫，幽默風趣的文化氣韻，這才是樹立了「文人典型」的真處。這麼一位不自戴（洋）高帽，也從未戴過博士方帽，而具典型，又從不以此典型誇示於人的典型，似乎應如文天祥的〈正氣歌〉中所言「凜烈萬古存」，而不只是「消逝」才是。

寫活了「粥氣」

文人常有的通病，就是孤僻、酸腐、斤斤計較、自以為是、陰陽怪氣，鮮少在知識及生活上作適切高雅的互動的。克毅先生生於美國，卻回到中國。完成大學學業，重返美國，生活上形於斯，然則神在中土。這很不似一般的「僑」民。他是第二代土生土長的「僑」，卻是中英俱佳，較之許多中國人更中國的文化人。他在〈哥大與我〉一文中就說：「老實說，我自己也無意久居是邦。通常留學過程為期四年：一年碩士、三年博士，然後『學成歸國』（按：此指中國）。」「打初來哥大起，我並沒扎實地鑽研國際法這門學問。紐約的文化生活對我的引誘太大，每隔三五天就有新電影偉構連帶雜耍戲碼上演，非看不可；舞臺劇和夜總會，更是全美獨一無二的特色，此外音樂會、美術館，五光十色的遊藝場所、觀光勝地，豈是短暫的旅客可以失之交臂的？」他之所以在求學期間如此心有旁騖，不願只為一個書蟲，足見正是由於他是一個對於「生活」非常積極而又正面的高級欣賞者和投入者。克毅先生對於藝術、音樂的喜好，兼之自己又是可以「來它兩下子」的繪畫創作人；他對粗糙的美國食品的鄙視；他對文學的喜愛；他對穿著的得體（此生我雖僅有兩次與克毅先生相見，但他的穿著極是美爽精緻，與他的身分人品極為投合）；這在在都表示出一個文化高人的過人之處。他在《灣區華夏》這本小書中，十足表露出我上面所說的他這位「生活者」的形形色色。比方說，他對金山華埠都板街(Grant Avenue)「三和粥廠」（二十四小時營業，尤其是晚間消夜的好去處）的描述，令人溫暖。在一九六〇年代，我三番兩頭開車自金山灣區南灣去東北灣的柏克萊，與那邊的一大批朋友常在加大教授陳世驤先生府上聚會，某次陳先生與我們深夜談得興起，提議驅車逕去金山華埠吃消夜。所去之處就是都板街的「三和粥廠」。克毅先生描寫粥廠："Its three floors (seating capacity 80) does a whooping business almost around the clock, and after midnight Fridays and Saturdays patrons move up and down the narrow staircase in a steady stream and lines form on the ground, or kitchen floor. The envy of many a more imposing eatery, Sam Woh is the house that *jook*（粥）built."而我在二十年後的八十年代該店所見，彷彿一絲未改。那次以後，我從未再去該店。但印象中，該店的那位侍者，矮矮胖胖的中年「唐人」，總喜歡拿出一疊他與有地位身分的華人人物合影供初至的客人觀賞。我們（計有楊牧、劉大任、唐文標、楊沂（水晶）、莊信正和我及美麗）爭相對他說，世驤先生也是VIP，但他聲稱沒有開麥拉，就顧左右而言他了。似乎他多少有點輕視文人。但是，那一碗熱騰騰的魚生粥的的確確給了我溫暖如意的感覺，正如克毅先生說：“But Sam Woh is at its best as a nocturnal rendezvous for entertainers after the last show, for habitues of night spots, workers home from the graveyard shift, and other assorted night-owls in Cathay by the Bay.” “...you make your way straight up to the third floor and the comparative seclusion of booths. And when you come down again – the taste of chicken, parsley, and garlic still fragrant on your palate and the hot, nourishing broth warming the cockles of your heart, you feel in harmony with Heaven, Earth and Man, and can at last call it a day.” 一點也不錯。今日思之，陳世驤先生已逝，而那一批當年柏克萊吵鬧互動的朋友也早都四散，只有那天、地、人合而為一的粥氣長久深印腦中、唇邊和心上。

懷念摯友高恭億——記花旗二高之二

高恭億是我在花旗國的另一位高姓朋友。與克毅先生不同的是，我與恭億的認識不在花旗，而是蓬萊臺灣。再者，我跟恭億同輩，無須似對克毅先生以「先生」稱之，我們是直呼其名的爾汝之交。

初識恭億是在一九六一年的臺灣臺北。那年我服完兵役後，就讀臺灣大學中國文學研究所。同年，美國加州史丹福大學在臺大校園內設立中國文化語文研習所，為了師資，招兵買馬到了臺大文學院中文系。恭億原係北平輔仁大學英語系學生，一九四八年國共齟齬時離京赴臺，在臺大外文系寄讀畢業，可以說他是我的臺大學長。當時他任職史丹福大學中國文化語文研習所，主持教務。他自己是道道地地字正腔圓的北京人，於是對於師資的人選，有以「京片子」為主導的偏見。當他找到母校中文系時，系裡便向他推薦了我這個主修文學的「京片子」。二人相見，一拍即合。此後三年，我由澳洲墨爾本大學轉來美國，任教史丹福大學亞洲語文系。而恭億已早我三年在史大亞語系任教。從那時（一九六五）起，異地重逢，我們就納交為友了。

坦誠相助相值人

恭億是一位對於他認為可以相值的人極為坦誠相助的人。我來美到學校系中報到的那一天，他便熱誠地要開車帶我去買日用品。他建議我一定要購買吸塵器，所以我到美國後所購買的第一件東西竟是吸塵器，一直用了五年直到結婚始換新。那天，他還帶我去美國餐館吃牛排（不老不嫩微可見血），說這是「補品」，不可輕視。他說食用帶血牛排是融入美國文化的第一步。前此我在澳洲住了一年，那裡也是吃帶血牛排的地方，可是我並未吃。平生所食的第一塊帶血牛肉就是那天在恭億半介半逼的情況下吃的。

恭億是當時系內語文教員，我也是。他是中文教學主持人，我於是就成了他的下屬。他對我說：「別以為教語文容易，這不像教文學可以自由發揮，可以有自己的觀點。語文是約定俗成的，也是文學的根本。語文不好，文學好不到哪裡去。」這話我初聆時難免覺得會是對於教授文學的瞎掰強辯，但細細琢磨，越來越覺得有理。一般來說，教授語文的人在面對教授文學的人時，難免會自慚，以為不夠「學術」，不夠「學者」。他舉例說明，「北京大學中文系的名牌教授朱德熙先生就是語言學家，雖不直接教授中文，但研究中文。北大中文系的名教授，研究語言學的比研究文學的多。咱們教中文，比語言學者還多了實際的方面，我們也重視語法。總之，語言絕不是張三李四都可以教的。」

他的所言，對於原本就沉浸在文學領域的我，自然是增加了極大的支撐力。一個文學作家，或是一個講授文學的學者，如果自身的語文基礎尚且不夠，也不精確，肯定是頗難以「家」自許的。語言是活的東西，不好，以語言創造的文學就先天不足。好比建造一所房子，工程材料如果不盡理想，就是基礎不實，蓋好的房舍不會耐久。這在東方西方都如此，不是我的一偏之見。

史大亞洲語文系的中文教學，在恭億盡職而又投入的主持下，成績斐然。他也因而獲得學校頒贈的「最佳教學獎」。在上世紀的六十年代及七十年代，史丹福大學的中文暑期班，辦得特別出色，名揚全國。每年前來就學的學子，人數逾百，分設十個以上的班次授課，這就是拜他的名聲及主持，使史大的中文教學出色成功的最佳證明。

識尊教嚴人和

教學之外，恭億也同時在史大的語言系修習博士學位。大約每周他都會去柏克萊加大，向該校東亞語文系的語言學教授張琨先生請益。史大語言系的好幾位美籍教授，也對他讚譽有加。他於六十年代末期獲得學位後，系內主動延聘他留校任教。這在當時美國大學中算是頗不易見的事。此時，他主動與北京大學中文系建立良好關係，邀約多位北大從事語言研究及教學的教授，先後以「訪問學人」職稱來校短期授課。當時的北大副校長，中文系語言學名教授朱德熙先生就曾兩度來史大講學。當然，除了在系中擔任一年級的中文教學之外，恭億也是系內擔任中國語言學講授的第一位教授。

因為他是識博教嚴人和的老師，故系內的研究生多數與恭億過從甚密，雖然極鮮鑽研中國語言學，但大家都變成了他的好友。我在系中，由於跟他都原籍北京，而又早在臺北時有過一年的同事之雅，再加上與他的臺大校友關係，二人很快就建立了深厚友誼。恭億嗜酒，他在家獨飲不爽（高夫人為虔誠的基督徒，極不喜菸酒；而此二物正是恭億之所愛）或飲酒不得足時，就會來我家飲酒閒聊。酒蟹居的酒都是好酒，這當然也是他勤訪酒蟹居的原因之一。他酒量大，一瓶黑標行者強尼 (Johnny Walker) 威士忌或四川瀘州大麯、貴州茅臺，二人在談笑中會飲得幾無餘瀝。這當然還有另一原因，我妻美麗總是供應可口佳餚，每為恭億稱讚不已。有時他一星期會來我家兩次，而我每以佳釀待客，雖稱過癮，卻也讓他感到稍微靦腆起來，於是逕入廚房，抓起案頭料酒大口吞飲，喝到微醺始駕車離去。

恭億不但嗜酒，抽菸也不相讓。他一日的最高紀錄是抽上三包（六十根）。我曾勸他戒菸，他說全戒不可能，盡量減少。他想了一個辦法：買一包菸存放我辦公室，菸癮上來時會來我室扣門索求，因不便一再前來，只得強忍，這樣漸然就減少吸菸次數了。開始的時候，他在一日上班時間內，會來我處三五次索取香菸。未及一星期，前來的次數漸然增加，幾乎每小時下課時間都前來叩門，而且索菸不限一根，最高紀錄是每次索取三根。我不勝其煩，他積習難改，索性與他解除協助合約，任其隨意自理。

從不透露心中所感

我想，其實恭億之溺於菸與酒，雖說其來有自，但應與其家庭生活有關。恭億有二子一女，長子自幼即為弱智病患。他因此心中鬱悶可以想見。但他從不對外宣說，連我這個可與他稱「哥們」的人，他也從不吐露胸中所感。於是以菸酒澆愁便十分自然了。

記得有一次，我夜間在他家客廳深談，時間已過子夜，他的長公子突然赤膊在樓梯頂端出現，而且脫褲小解。恭億趕緊放下酒杯，快步登樓，把上衣褪下，覆蓋兒子身上，抱他回房，我聽見他以近於哭泣的聲調說：「兒子啊！要是哪天爸爸早你而去了，你該怎麼辦啊！」我在靜寂的客廳沙發上獨坐了大約二十分鐘，不見他下樓，想來是因酒意疲累就在兒子房中睡去了，於是悄悄關掉電燈，掩門離去。

恭億在大學時代主攻英美文學，研究所則轉治語言學。但是，因家世傳承關係，他的國學基礎甚厚。雖不為文，卻偶有詩作，都古體舊韻，頗耐讀。比方說，那首〈七八年重返故都有感〉五律：「北土風沙漫，西山餘徂暉。憑窗情更切，繫帶意先歸；永定河依舊，長安路盡非。金鰲難續淚，玉蝀亦堪悲。」他自注說：「續淚，本黃庭堅『杜鵑無血可續淚，金雞何日赦九州』句。玉蝀，取《詩經．蝃蝀》篇解。」我一向對治外文有成而對國學有深厚基礎，或以精雅中國文字著述者，有著極高的崇敬。外文好，只是一個更其以中文著述治學或貢獻社會的有利工具，尤其是作家，潛移默化而不沾沾自喜賣弄，我都十分佩服，十分欣賞。恭億在這方面，的確也是不為人知但默默耕耘有器有識的讀書人。

在美國，如果不開汽車，彷彿沒有腳，太不方便了。恭億生前總是駛用破舊的二手車，他說：「這玩意不過一種工具，能用就行了。」他認為好車不該是人人可以開的，因為那是與車主的人品、學養、身分、地位等量齊觀的，並不代表僅有購買力。對於虛有其表開好車的人，恭億給他們取了一個有日文味道的名字——人頭太次郎。這也是另一種的高氏幽默了。

幽默的天分與淒涼意

說起幽默，恭億與克毅先生有著同樣的天分。比方說，有一次，他用他的「破銅爛鐵」（恭億對其舊車的暱稱）帶我去金山（三藩市）。吃罷「唐餐」，逛過書店，回程中，經過一家賣燒臘烤鴨及生猛魚蟹的廣東鋪子。他佇立窗外，望著裡面懸吊著的叉燒肉及烤鴨，久久不去。我原以為他要順手買些帶回家中，不意他轉頭對我無限感慨地說：「我的胸肺大概因吸菸也跟叉燒肉相差無幾了。這不能說是同病相憐，應該說是觸類旁通。」當然，經我催說，他還是進店買了一些燒臘帶回家。他笑嘻嘻說：「朱仰高先生在我們家作客。」按朱仰高先生為上世紀五、六十年代臺北名醫，知識界幾無人不知。先總統蔣公對其甚為禮遇。恭億當年在史大任教待遇不豐，加以家有弱智兒而他又攻讀學位，夫人朱傳鎏女士忙中兼差貼補家用。「仰」「養」同音同調，朱仰高就成了「朱養高」了。

但是，這類的乾幽默已因恭億的肺癌早逝而去得很遠了。一九八九年我重病出院返家，知道他的病情加劇惡化，要去看他，他在電話中以微弱的聲調婉謝了，尚用幽默的口吻說：「京劇《四郎探母》由我來演唱就好了。」恭億生肖屬龍，他曾自言就像是《四郎探母》楊延輝唱出自喻困在沙灘的一條淺水龍。自知來日無多尚能自嘲，他的幽默較之克毅先生的幽默，似又多了一層淒涼吧。

二〇〇九年七月，八月香港《明報月刊》

追記「華癡」許世旭教授

我的外國朋友中，有好幾位對中文能說、能聽、能讀。我說「能」，是說他們掌握中文的程度，已經有一個好的中國中學生的能力。可是，如果再加上「能寫」的話，則只有一位可說是「出類拔萃」的，他就是自韓國留學臺灣，取得中國文學博士學位後返國在大學任教的許世旭教授。

世旭在臺灣留學的時候（上世紀五〇年代後期），我還在臺灣，尚未棲遲天涯。我那時就聽聞文藝界的朋友稱說他是一個「高麗棒子的中國詩人」，也是一位「對中國文學狂癡的高麗棒子」，但不相識。

熱情懇切的高麗棒子

我與世旭初見並訂交於一九八四年，在美國加州北部的金山海灣。那年，世旭攜家人自韓國來美，他是在柏克萊加州大學的客座研究員。我們相逢於文友喻麗清家。那時世旭一家住在柏城鄰城亞爾邦尼市的一個小公寓內。從他家的陽臺上遠眺金山，夕陽西下，金山城彷彿是出水的蜃樓海市，披彩鍍金，十分耀眼。於是詩人學者許世旭為金山取了一個「燃燒的城」的詩意盎然的別名。世旭雖不住在燃燒的城裡，但他給我的印象就是一個「燃燒的人」。他直率、懇切、熱情高張，是對漢語展露無限戀狂的高麗棒子。我最愛聽他一口流利卻帶有一點高麗棒子才有的中文，就像是在餃子餡內摻入一把蒜末，味道稍顯奇異，但十分可口。

世旭最常用的一個中文複詞是「親自」。舉凡談說該用「單獨」、「個人」或「本人」如何如何的時候，在他的嘴裡，那詞便被「親自」取代了。比方說，一九八六年我自美返臺的回程中，決定取道韓國去訪人在漢城（今首爾）的許世旭。行前給了他一信，沒想到他於當天竟親迎我於機場。事實上，他出國遠遊，是在我抵韓的前一天方歸返國門的。臉上還有掩不去的倦怠，卻一把握緊了我的手，展笑對我說：「哎呀！老莊，你終於親自來了！」他說「終於」，是因為當年（一九八四）老許在美時曾親口相邀妻與我於返臺途中順道訪韓，他將要以「地主國高麗棒子」的身分陪伴我們參觀在首爾舉行的世運會。而他卻絕未想到我竟是單槍匹馬一個人，也更沒想到我會用他愛用的「親自」一詞而笑謂對他：「看你一臉疲倦，竟會親自來機場接我，真令我感謝和感動。」

大概所有認識許世旭這個高麗棒子中國詩人的人，都會同意我說他是「華癡」的。他對中國文化（特別是文學）、對中國人的熱愛，除了「癡」外，無以形容。但是，許世旭絕對是一個不折不扣熱愛祖國的高麗棒子。我一九八六年去韓國的第二天，疲意未消，他就興致高到不行的要他的夫人潤景帶著孩子駕車載我去參觀正在興建中的世運場地。場地因施工未竣，禁止進入參觀。在細雨飄灑中我們駐車遠望，但見龐大的建築一似冬蟄偃臥的巨獸群。望著望著，竟彷彿感到春意盎然，大地甦醒，萬物滋生一般，呈現著一片興盛氣象。老許手指著場地上新建的世運選手村的高樓建築，以豪傲自信的口氣說：「這些建築的內部設計，完全按照一般公寓住宅藍圖而定。世運閉幕之後，政府有計畫的移作一般國民住宅之用。」當汽車沿著漢江徐行時，他更把新建的國會大廈指給我看，說：「議席遠遠超過了目前的國會議員人數，因為政府的目標是定在南北韓一統後的新全朝鮮國會。」他的語氣之豪，好像統一大業已經指日可待了。而他對當時的韓國大統領朴正熙先生的魄力——為建國復興大業所作的縝密周詳的全盤計畫，更是語多景仰欽佩。他說：「我們要的就是一個為整個朝鮮國做事有擔當有膽識的大統領，而不是為親自得到政治利益的人。」

華癡・善飲・性情中人

世旭愛飲酒，但酒量不大。然則他喜歡鬧酒。

在北加州的金山海灣區，一批由臺灣來美的文友經常聚會。大家公認應該有個比較正式的「文友會」。某次相聚，也有世旭在場，重提此事，決定推選一位善飲的會長。世旭聞說，自告奮勇擔任此職，吵鬧不休，於是連乾兩杯葡萄酒以示堅決。大家覺得既是一個由臺灣來的國人的文友會，似不宜以一位外人充任會長，但礙於老許的「華癡」形象，未便直言。最後，大家一致公認任命他為「北加州金山灣區臺灣文友會漢城支會會長」，才勉強解決了他的爭執。

我一九八六年訪韓，抵達的當晚，老許請我吃道地韓國烤肉為我接風。他要了一瓶似中國高粱酒的「真露」白乾，不由分說，滿斟了兩杯一飲而盡以示對我的敬意。之後，他擇了一片紫蘇葉攤在手心上，自桌上排開的十數種小菜中取了數樣，又夾了一撮烤肉，包攏了一口塞入口中。熱辣、粗獷、豪爽的感覺影響了我，不甘人後，也如法包了一捲放入口中。世旭大樂，伸出大拇指說：「老莊，你已經親自變成一個道道地地的高麗棒子了。」

那次的韓國首爾漢江之濱的重逢後，世旭又帶妻小兩度來美。一次是在史丹福大學任拜訪學人(Visiting Professor)，另一次是純旅遊。這次他在返韓前夕，堅意要以美國的韓國烤肉宴請我與美麗。我以一九八九年大病後遵醫囑不能飲「硬酒」(hard liquor)告他，但他仍是「親自」乾了一大滿杯，連說「你們灣區的這家韓國飯店的菜色不太出色」，並表歉意。我回說：「你說不太出色，用得稍顯花俏了些。口語說成『不怎麼樣』也就夠了。今天原是我要給你餞行，你卻反客為主，真是謝了。」於是世旭與我擊掌，說：「下次我們一塊去臺灣，再去中國。」

可是，當我得悉世旭上月突然逝去的消息後，我的第一個反應是：「老許呀！你生前去過臺灣無數次，也去過中國無數次，不是還跟我擊掌要同去臺灣和中國的嗎？怎麼你竟親自乘鶴而先去了呢？」

二〇一〇年十月《文訊》雜誌

第二輯

書藝淺說

淺說書之藝

拙作〈如何學寫中國字〉經二〇一一年八月十六日《世副》刊出後，友朋讀及，大皆認可。多數人希望我再執筆談談以毛筆書寫，如何可得到美感欣然的藝術境界的機會。我在〈如何學寫中國字〉一文中已經談到，基本上，無論以何種工具書寫，「布局」(Composition) 極為重要。掌握住了布局，困難迎刃而解。因為字形有模有樣，端端正正，乾乾淨淨，清清楚楚，整整齊齊，令人順眼，甚至呼吸暢爽，心曠神逸。也就是說，這樣的效果，是最基本的，達到了人見人愛的「形美」。至於如何把「寫字」推向「更上一層樓」的藝術層次，那就完全有賴於書寫的工具——毛筆了。

用鉛筆、粉筆、原子筆、鋼筆書寫，每一個「筆道」(Stroke)，自始至終，粗細勻稱，「布局」使字形得體，頂多予人乾淨俐落，可以接受的感覺。但是談不到書藝上凝重、瀟灑、飄逸、蒼勁、婉約、挺拔、方正、圓潤、奔放……種種美感。這些美感的出自，答案只有一個，那就是「毛筆」。因為，只有用毛筆書寫方才具有輕重、緩急、乾潤、剛柔、粗細、挺滯、濃淡等等的表現力，千變萬化，美不勝收。使用毛筆書寫，尖尖的筆頭，有鋒；書寫時需要用到筆頭的任何一個方面，不似用鉛筆、粉筆、原子筆書寫，僅此焦聚筆頭的一個點上。鋒向四方，於是美感出焉。鋒，就是筆道的潛在力量。俗謂「藏鋒」，猶如喻人慧智深藏不露；如泡置人參於佳釀；若投放酵素於麵粉中；或似在鞘寶劍，抽拔則寒光凜凜懾人。也許，最精當的比喻，莫過於鋼筋沒埋於水泥之用於建築，曠時而歷久。鋒，火種也，光源也。此力道發自心靈，流走臂腕，傳遞指間，達於毫端，落於紙上。如風入空谷，萬壑共鳴大聲；若擂鼓激颺而披靡遐邇。鋒者，神也。書藝上的常用語「神韻」，此之謂也。天鈞力度，超凡大音，飄逸起伏，是書藝揮灑自如之神髓。如果我們借用現今科學術語，神者，能也(Energy)。視而不見，觸撫無形，然則，可以感，可以應。此浩然巨力，藉毛筆為書寫工具，毫是柔軟的，而所書寫之筆筆堅挺如金。所謂「筆力」，正是源於心的力度，貫穿臂腕，遊走握筆之手指，傳遞毫端，終而流瀉紙面，力透其背的墨跡。瞬息之間，化為繞指柔的鋼條，使每一筆畫充沛滿盈，藝術天成。一點一畫，一鉤一撇，絕非毛筆以外的任何工具用於書寫而可臻至。每一線條，端由書家著意盡興揮灑，所書之字，那就是「龍飛於天、鳳馳於空」的書藝極致了。家父生前有〈論書〉一文，稱說「筆酣墨飽信手揮，神似鴻鵠天際飛」，正是。

書藝是中國的特產。所謂「書藝」，不似任何一種藝術全憑己意創造。它受到字「形」的約束，但書家可借筆與墨，依才情與創意，在「有限」之中突破而為「無限」，主要是因為中國字的繁複性及筆畫表達展示的多樣性，給予書家的主體性以廣大發揮空間，使得其創造性在一定的制約中得到充分自由和展現。書家借重多種筆畫（即俗稱「永字八法」）及各式字形結構，用以表達不同之意境，再配合上字的意義及書家的個人氣質，於是產生了凝重、輕逸、瀟灑、蒼勁、婉約、挺拔、柔弱、方正、奔放……等等美感之綻放，這就定非無關形義兼並的其他世界文字所能貢獻的了。我們說把字寫得如龍飛鳳舞、如秋風落葉、如柳絮楊花、如洋洋春水、如原野冰封、如萬里雪飄、如鐵鑄銀鑲、如螢火舞空、如春雨綿綿、如蛇盤兔走、如獅吼虎嘯、如老僧禪定、如幼子浪漫、如雷劈電閃、如怒濤翻浪、如鶯啼蝶翩、如崖端瀑瀉、如躍馬飛戈、如淙淙細流、如長江大河……這等意境，只有漢字獨有。中國字筆畫線條之粗細、乾潤、剛柔、沉揚、輕重、疾緩、馳滯……也都自有美感格局。其組合之佳妙、其變化之無窮、其多采多姿，實非他種人類文字但依憑有限之少數線條及單調重複的組合可望其項背。

中國字，一如世界上任何文字，非僅由多式不同線條組合而成，而作為一個字的組成部分，又必與其他部分之間有一種血肉相連的實況存在。可說每一個中國字，都是有機的生命本體。字的每一線條，都會引發我們一定程度上的官能反應。力道的潛在，使得中國字富有生命，而書寫中國字的工具——毛筆，柔軟多姿且具彈性，最能展現書家之氣質品操，書寫變化多端，於是完善地反映出了藝術的美感來。

因此，以毛筆書寫中國字，能否表現出藝術感的活力，似乎可以說是重點了。換言之，寫就的字，除了需要依據構圖來掌握字形的成敗以外，端在書家能否賦予所書寫的字以有機生命。我們可以這樣說，凡屬無機的字，看起來定然是呆滯、疲弱、蕪雜、幼稚。即使造型尚可，但就是欠缺美感，不禁看。在裝飾上所用的人造假花，插在瓶中，就是沒有真花實卉的那份潤澤引人，其理在此。而有機的字，筆筆力潛其間，點畫之中，有如美女展笑動人的倩巧，眉目傳情，舉手投足都散漫出一種無以言宣的絕佳氣質，令人心曠神怡。在書藝上，凡是令人心曠神怡的字，就是好字。其原因就是書家對於「神」

的傳達掌控，使之自然流露。而書家所表達的神，當與觀賞者的神觸通互動交感。有神的字，姑無論蒼勁、溫潤、粗獷、婉約、豪放、瀟灑、雍容、雅秀、俊逸、華美，都是觀賞者的由衷讚美。「神」既是抽象超凡的力道（即「能」），也許用更其通俗易曉的說法來描寫，那就是「自然」。蘇東坡曾說：「詩不求工，字不求奇，天真爛漫是吾師。」正是一語道破。所以，凡是能夠表現出「天真爛漫」的佳趣的字，就是自然得道的好字。

書藝所傳達給我們最大最要的信息，乃是「神」的閃爍。

我們平時說某人「神采飛揚」，是說某人給了我們的印象，是其「精神」之沛煥。在書藝上，「筆力」即是書家所表達出的神采。再進一步說，由「力」而生「神」，神的展現乃因「氣」而生；氣，就是書家的情性與品操的表達。書家，固不一定要熟讀經史詩文，但一定的文化水平則絕不可少。天生性靈才賦能具有最好，但至少需具備成熟穩健的思想、恢宏虔誠的襟懷、明確通達的鑑別力、平和清靜的心態、再加上淡雅高貴的操品。這些品質的具備，自然凝聚成豐盛的創造力、精茂的藝術感和平實近人的哲學觀。書藝，乃是心靈的藝術。「心」的富足就是「神」的滋養。這樣的心源，自然會若「泉涓涓而始流」之瀉出，瀉出的清泉，就是「氣」，再經綻放，就是「神」。

陶淵明〈歸去來辭〉中「泉涓涓而始流」這一句，我一直以為是對以毛筆習書最佳的描述。經過堅穩空懸的臂與腕，源自心上的力道溢過握管的手指，而最終達於毫端，筆酣墨飽，拓跳出字字珠璣，恰似一泓不沾塵埃的澄澈秋水中漂浮的萍葉蓮花。心既清如鏡，那麼，刁巧、媚佻、俗滑、輕靡全然不見了。這一「清」字，脫漂去了萬般塵雜，亮麗非常。這樣的字，必然是好字。北京大學中文系教授、資深書藝大家楊辛先生說得好：「我感到成功的書法作品，都是一個有生命的整體，在創作中是一氣呵成的。要做到一氣呵成，在書寫前需要『散懷抱』，也就是保持一種虛靜的心態。如果心裡還裝著一堆雜念，像一池渾水，寫出的字，就難以為清泉。所謂筆意在先，我理解其中包含了書寫前的情感的醞釀。到了揮毫時，就放開寫，要筆隨意轉，意在筆中。」楊氏明確的這一段話，著實道出了「清」之為書藝品價之不二法門。

在書藝上，「秀」不必人人如此，但「清」則人人必須如此。既清，俗則自去。我在此為大家舉一個最好的例子。毛澤東生前，他以毛筆書寫的大量詩詞，或印行成冊，遍及全國；或放大見於廳堂公共場所壁間。毛氏的字，個個佻嬈，虛尖挑露，有神而不正，完全暴露出他一代梟雄自驕自大而霸氣的心懷，潦亂複雜，全無「清」之可言。

除了「清」以外，「古雅」與「樸實」，也是書藝的兩大不可或無的神髓。二者融而不分，可清書家之心，滌書家之藝。書藝評論家幾乎一致認同，只有達到古樸境界的書藝，才是上乘之作。他們如此強調，無非在於勸戒書家，千萬要杜絕沾沾自喜而成一家的輕浮驕狂表現。不取巧、不譁眾、不沽名、不釣譽、不違自然、不故弄玄虛，方是大家之風。一個當代書家，當其自歷代書家的藝與能中，汲取了一定程度經品感潤味而得到的經驗之後，順此正途而入芝蘭之室，自然芳香襲身。俗云：「熟讀唐詩三百首，不會成詩亦能吟。」正是如此。書藝上的俗語云「讀帖」，就是最佳說明。採各家之流風奇技，較之獨尊一家，顯然獲益大不相同。

古樸，就是捕殺及解救書家驕狂的不二法寶。書家如果恣意鋪張表現自我，那就不行。不行，就是因為低俗。打個粗淺的譬喻，一個渾身香水珠寶、濃妝豔抹的女人，自以為嬌嬈美麗，然則，在他人眼中，是俗不可耐。現在的問題是，一個女人的打扮，如何方可稱之為高雅？淡妝勝於濃抹，只要天生麗質，都會使「六宮粉黛無顏色」的。這也就是我在前面提到的「自然」。「清正」與「賦俗」之分，端在於此。俗，彷彿蔽野的漫漫大霧，或如令人狼狽的傾盆大雨；雅，乃是潤物無聲的毛毛細雨，或如飄灑郊原的片片雪花。「高雅」與「清麗」並論，就是要強調書家的品格，而書藝的藝術性端在於此。

（寄自加州）

如何學寫中國字

在海外傳授中國文化，忽忽已有四十年以上漫長歲時。在此大約半世紀的時序中，根據自己的教學經驗，在教與學上，最能引發學生興趣、最令學生神往、最使他們稱羨不已、也最讓他們嘆為觀止，知其然而不知其所以然，同時又令自己產生深切感悟的方面，大概就是用以表述中國歷史文化的媒體——中國文字了。

中文之狀繪解說功能非凡

一個在非中國語言文化環境中從事推介中國文化的人，果能具備粗略的中國文字學上的知識，我相信必會對其從事的工作產生莫大助力。中國文字的組成及結構，與世界上任何其他語言相比較，不僅其外在變化多端，同時，也絕對具有罕見的、獨特的、可以清楚表達人類內心感受及美好經驗的功能。比方說，一個「一」字，不僅是筆直的一條線，而是由左至右的一條橫線，那麼真切、實際、清楚、簡約地象徵宇宙大地，同時也表達了我們人類對於宇宙大地一望無際，浩闊綿遠，無窮無盡的由衷感嘆。這一條橫線，代表了宇宙萬物的生機，天生萬物，它是一切文化的肇始。再比方說，一個「好」字，表達了我們內心世界對於世間萬物現象，所見所感而願意接受的欣喜讚美。這個字，若用象形的篆書文字來書寫，左側是一個象形的女人，右側則是一個象形的雙臂上揚歡愉的小孩。總地來說，這個字展現出了一對母子天生萬鈞的情愛，也代表了我們對於母子之間自然美好的情誼的感觀、讚嘆與崇敬接受。對於人類原有如此美好、感人、潤緻、偉大的實相，在當今世界既有的人類語文中，還沒有類似中文之可以狀繪解說這般動人非凡地描述的任何其他文字。

「長江大河」這個片語，我們用以描述長江黃河兩條大水的寬闊、煙波瀚渺、湍瀉千萬里的浩大氣勢。如果用草書來書寫這四個字，一筆串聯而成，由上至下，就真是「黃河之水天上來，奔流到海不復回」的一條大河呈現眼前了。「長江大河」的語意，恐怕世間再也找不出任何其他文字可以把「觀」和「感」這麼肯切地表達出來了。我想，若用宋代大書家懷素的狂草寫出，筆力萬鈞，氣勢肯定非凡。

所以，在海外，講授中國文化，於媒體文字的使用，難免會有因時制宜順便向學生介紹中國文化的機會。大約四十年前自擔任「中國書藝」(Chinese Calligraphy) 一課之講授以來，對於國人將英文 Calligraphy 一詞之中文同義語定為「書法」，感覺實際上似乎只完成了一半的翻譯，因為只對於習字（書寫）的學生可以稱用；若是對於展示書寫才藝的書家而言，應該說成「書藝」。Calligraphy 一詞之英文定義，是 fair or elegant handwriting or the art of producing such writing，恰好表示出「書寫」一詞有兩層涵義，即是「書法」與「書藝」。前者的使用對象，是學書的一般人，而後者則歸屬「書家」。「法」，根據《易經》的解釋，是「制而用之謂之法」，它是理性的、僵硬的、嚴苛的；而「藝」則是感性的、溫潤的、美麗藝術的。學生書寫漢字，不是展示書藝，而是要把漢字規規矩矩、不苟不且、老老實實、本本分分地用書寫的方式展示出來。於是，學生在書寫漢字時，便不會有 Calligraphy 一詞賦予他們藝術才情而自由發揮的現象了。

世界上的任何一種語言，皆可借某種特殊符號而書成文字代替聲音。符號，於是有其一定的書寫規則，這也就是「書法」的基本義涵。比方說，中文的一橫必由左至右不得逆其道而行；一豎必自上而下，也不可反其道而行之。英文、法文、德文的書寫皆由左至右等等，都有定則。定則也即通則，人人如此。所以，把人類的語言用特定方式的文字（或符號）來替代聲音，以求傳達情感經驗，彼此交相互動共鳴，這是人類發明文字的基本實際需求。於是，對於文字（符號）的書寫，我們只要求得體、自然、乾淨、明清，無涉藝術，不需要個人發揮其特殊才藝情感以求美觀，這就是「書法」。書法者，書寫之通則也。

寫漢字正似工程建造

「書寫」一詞，有兩個層次的義涵。在基本層次，是指「如何寫字」。在此以上的較高層次，是「書藝」。拿中文為例，初習漢字，絕非目的在於訓練或培養書家，因為不要求習書的人個人情感的宣洩。在一個操同樣的語言、生活習慣大皆一致，來自相同的文化背景淵源的人類社會中，人們所使用的文字，必然一致。拿中國文字為例，不是純然的拼音，它是由聲符及義符互相配合而成的，是音義兼顧的，這也就是中文在世界語言中非常特殊的原因。對於教導非中國人學習中國文化，尤其是教導語文的時候，這一特殊之處必須申明講說清楚。一個漢字寫出之後，所有使用漢語的人都能一目了然才行。我有友人對於漢字的書寫極為潦草自便，一似天書。他的函示經常出現龍飛鳳舞得讓我只有慨嘆的字，不得其義其解，看不懂。於是詢之於彼，對方回信說，他自己也看不懂，讓我自由解讀好了。我舉這個例子，就是在於申說，書寫漢字務必端正明清，不能自創一格，發揮個人才藝。不是書家，就不可有書家展示藝術才情的自由。

中文的書寫，是由八個（豎、橫、點、撇、捺、挑、鉤、橫撇）筆畫符號完成。由於中文的特點是先有由此八個符號湊成的特殊符號（音符、義符）組成，在書寫時，若能掌握一個字的聲符及義符，則對於字的筆畫布局（或構圖）會大有幫助。所謂「布局」(Composition)，是指在構圖上的整齊美觀。為了達到這個目的，不誤導學生由於Calligraphy一詞多少賦予他們自由書寫而產生的弊病，我大膽建議他們，書寫漢字，務求其整齊美觀，索性把「書寫」(Write)一字，用「建造」(Construct)來代替。寫中國漢字，索性說成Constructing Chinese Characters。我告訴他們，寫漢字正似玩積木一樣，搭造一屋、一橋，使用不同積木片，完全跟工程建造一樣。寫漢字亦然，只要一個筆畫不到位，看起來就不舒展、就礙眼。

學生聞說，反應正面。他們同意，在書寫中文時，如果能有我所言說的存在心中，確似在工程進行前的心理準備。工程乃嚴謹的科學，建築的重點端在堅固。不要奢談美觀而忽略了根本。一座建築，不談設計的美，只要端莊實在，穩重堅固，最為重要。寫字亦復如此，端正則美感自具。我在中學時代，辦學生壁報，書寫的工作由班上寫得一手好字的同學擔任。他們誰也不是書家，沒有人稱說他們的筆跡是出於歷代名書家如顏真卿、柳宗元、褚遂良、蘇東坡、米芾或趙孟頫、文徵明等。他們的一手漂亮字讓他們風光無限，而全班同學都感到與有榮焉。老師上課，如果黑板字寫得有模有樣，學生心存敬羨喜愛，授課稍差也都被原諒了。

把字書寫得整潔、明清、端正、穩重、漂亮，實則並非太難的事。專注、有耐心、講求方法，也就夠了。但是，所謂「方法」，拿我自己習書的經驗來說，老師從未提示講解，完全是自己因喜愛書藝而漸然摸索出來的。我上小學，是在上個世紀的三十、四十年代，習字使用的工具只有毛筆，鉛筆沒聽說過，也沒見過；鋼筆也沒見過，當然更談不上使用了。上書法課，老師從不講授，學生全然不知「法」之為何物。老師只採用了柳公權的《玄秘塔》帖為範本，規定學生臨寫。因為老師從不講說漢字的結構，學生也只能照貓畫虎，根本不知其所以然。所寫的字好與壞，全憑學生的悟性。因此，當我自己身為人師，在科技昌明，資訊便通的今世，要教導學生，深感絕不可再以身受之苦施之於學生了。況且，習字的工具——筆，根本不用毛筆，而是用鉛筆、鋼筆、原子筆、甚至電腦。用毛筆所展示的所謂「書藝」完全看不出來，學生既無任何規則約束，信手而為，寫字全憑己意安排，於是，寫出的字歪歪扭扭、支離破碎、千奇百怪，令人嘆為觀止。思忖之餘，覺得不可再誤人子弟了。我對學生說，不管用什麼工具寫漢字，只要有模有樣，端端正正、乾乾淨淨、清清楚楚、整整齊齊，就好。

書習漢字如接受軍事訓練，一定要有「造型」的概念，那也就是必須具有筆畫部首的布局 (Composition) 和原則，依此著手，定可收事半功倍之效。我歸納出：

一、一豎（或直）不僅是一條直線，而是一條自上而下，頂天立地，百分之百的垂直線。它就像人體內的脊椎骨，不可歪斜。稍有歪斜，就是病態。任何一豎，如不垂直，就破壞全局。

二、一橫一如地平線，不可出現哆嗦凸凹不整的現象。在書寫時，一橫做地平線的展示，最好。但，按國人書寫習慣，可以允許自左而右微微上揚有其陡度，但絕不可自左而右微微下斜。

三、一個漢字中的相同筆畫，彼此平行，長短不論。

四、撇、捺、挑這樣的斜筆，除了極少極少的例外，原則上不得大於或小於四十五度角度。過或不及，都令字體難於承受，令人感受不妥。

五、書寫的筆畫，筆筆務求剛勁有力、乾淨利落。切忌軟弱模糊。

六、一個漢字，筆畫之間的關係、部首與其他組成部分的關係、每一組成部分中筆畫的安排，都需根據一定的比例 (Proportion) 及均衡 (Balance) 來完成，達到和諧境界，不擁塞、不渙散、不誇張、不拘謹，恰到好處，這就是成功的布局。這樣的字，就格局勻稱，自然美觀了。

七、字形的體態，務求其端正，如磐石之矗立，不可斜歪，大方得體，豐盛美約，令人心悅。

我常對學生說，書習漢字，彷彿接受軍事訓練。軍事訓練必對個人行為有一定的約束；軍事訓練要求服從；軍事訓練要求一律，講求整體；軍事訓練也培育受訓人的耐性與投入。習字正是如此，經過嚴格的訓練之後，寫出的字，必然有規有矩，端正堂堂，雍容有度。不會有斜眼歪嘴、暴牙尖下巴、腰寬肚突、細長脖子、短臂短腿、豪乳肥臀、外八字腳、佝僂拖步的不雅儀容出現了。

二〇一一年八月美國《世界日報》

第三輯　雜文

中國國歌再譜新聲芻議

中國，到了西元二十世紀，不幸又一分為二：一是由中國共產黨主導，在大陸新成立的「中華人民共和國」；一是由推翻滿清帝制的中國國民黨所創建，卻因內戰失敗而退守臺灣的「中華民國」。「中國」這個國名，兩個不同的政府爭相代表擁有，成了一個殘酷的現實。所謂「天下大勢，合久必分，分久必合」這句老話，在二十世紀又成真了。

國家分裂，是悲哀，也是不幸。而兩個政黨主導分治，因體制互異而衍生的問題，長久以來縈繞每一個中國人的事實則是更加不幸。最大的不幸，當屬臺灣，先有割讓給日本的慘痛歷史，直到第二次世界大戰後因日本戰敗重歸中國統轄；又在二十世紀人權意識高漲之下，由激進的政黨脅迫，逐漸有脫離母體（中國），獨立漂流的新趨勢。

本文不探討所謂「中國問題」，目的在於討論「國歌」代表國家認同的問題。國歌，好比代表國家政府執行公務的憲警身上穿著的制服，具有尊嚴及代表性。

今天的中國，顯然是由臺海兩岸的「中華人民共和國」及「中華民國」分別以簡稱的「中國」國號爭相代表。孰是孰非，此處不作論述。不過，在臺灣的中華民國，卻有因中國意識淡薄的新一代成長及長久以來的省籍情結所困窘、操控，加上國際間人權意識的高漲情勢，已經發生「去中國化」，邁向獨立、另起國號的新共和危機了。此種新意識的產生，使得中華民國的國歌越來越沒有地位，更有逐漸遭受輕蔑的趨勢。民進黨主政期間，在許多場合，國旗竟被棄置，國歌也形同虛設。在公共場合，每逢國歌演奏或播放期間，政府官員眾口緊閉、面無表情，有的甚至打哈欠或抽痰歪嘴，都在電視鏡頭下曝露。這樣的誤導，使得學生及社會大眾，漸漸認為不必重視國歌，理所當然。

把祖宗牌位當打狗棒

臺灣，在政黨輪替主控之前，是由中國國民黨一黨專政行使主權的。所謂的中華民國國歌，便名正言順由黨歌提升為國歌了。黨國不分，是過去落伍的傳統老觀念，到了西方民主政治潮流如狂風怒濤衝撲臺灣以後，這種黨國不分的政治局面於是遭到無情的挑戰。當民智日開、黨禁開放，國民黨的勢力日趨衰退，人權意識逐漸高漲，人們在國民黨統治時勉為其難的忍受與壓力乃如蓄洪宣洩，以黨歌充國歌的事實，便難以接受了。

中華民國的國歌（中國國民黨黨歌），在這樣的新政治態勢下，四字一句的僵硬文言，更不能與汰舊揚新的氣勢抗衡。時至今日，似乎只有另譜新聲之一途了。我們且來看看中華民國國歌的歌詞：

> 三民主義，吾黨所宗。以建民國，以進大同。咨爾多士，為民前鋒。夙夜匪懈，主義是從。矢勤矢勇，必信必忠。一心一德，貫徹始終。

這樣的歌詞，目前在臺灣的多數小學生，在舉行早會時偶爾隨音樂哼唱，但對歌詞幾乎全然無識。據在全美發行的第一華文大報《世界日報》二〇〇九年一月二日記者王彩鸝發自臺北的報導：臺北市東區一所明星中學，學生在默寫國歌歌詞的時候，信筆胡寫，歌詞寫得令人啼笑皆非。「三民主義，吾黨所宗」竟成了「神明主意，武當所宗」，也有人寫作「神明主義，五黨所宗」（所謂「五黨」，學生指稱是國民黨、民進黨、新黨等政黨）；「以建民國，以進大同」兩句，變成了「以前民國，已經大同」；「咨爾多士」改寫成「吃耳朵屎」；「夙夜匪懈」則成為詩意盎然的「樹葉飛斜」了；「主義是從」也變成了「主已失蹤」。該中學教國文的林姓老師，「覺得國家沒希望了」，於是寫了一篇標題為〈不唱國歌的原因〉的文章，發表在她個人的部落格裡，感慨萬端地說：「當初自己上國中的時候，國一第一課國文課的課文就是國歌歌詞。曾幾何時，國歌歌詞已經完全消失在生活中了。……前世殺錯了人，今世才教國文啊！」林老師這篇有感而發的文章，迅速在網上流傳，有一位網友竟然起鬨寫了一篇國歌的新歌詞：「神明主義，武當所宗。一斤米糕，一斤大桶。吃耳朵屎，未免先瘋。樹葉飛斜，主已失蹤，是金時鐘，病情病重。已經你的，管這時鐘。」

這樣的不成體統現象，打個比喻，如同把祖宗牌位拿來當打狗棒使用。政治上國民黨及民進黨的勢不兩立、水火不容，導致臺灣教育普遍失控和失敗，加上臺灣在國際間生存環境的風雨飄搖，以及一般人對傳統歷史文化的輕蔑而造成文化中空的困境，我認為這才是國歌竟然被侮辱糟踏的原因。於今之計，我建議當局該有所認識，還國歌予國民黨，另譜新聲。長痛不如短痛，事不宜遲了。何況，除了上述種種怪現象及國歌之被輕侮的事實外，單以音樂感受的角度來衡量，現有的國歌，曲調太沉悶、缺乏朝氣，四字一句，簡直就像念經，也實在令人難以認同。中華民國的新國歌，應該如美國、法國的國歌一樣，輕快、進取、亢揚，代表新生力量與希望。

談完了中華民國的國歌，再來看看中華人民共和國的國歌。大家都知道，中華人民共和國的國歌，就是在上世紀中日戰爭期間，由聶耳作曲、田漢填詞的〈義勇軍進行曲〉。曲調激進、輕快、有力，歌詞優美明晰，自然而然成了無產階級革命隊伍造勢的黨歌（因聶耳及田漢都是該時的左翼精英代表，歌詞中的「我們」明顯是指無產階級）。一九四九年毛澤東在北京天安門宣布「中國人民從此站起來了」的一刻，這支〈義勇軍進行曲〉就順理成章成了新成立的中華人民共和國國歌了。

中共國歌不合國情

歌唱者演唱一首歌曲，一定要以最佳詮釋來表達歌曲內容。前面已經提到，中華人民共和國國歌是原有的〈義勇軍進行曲〉，唱的時候，必然要張大喉嚨、激情高唱近乎咆哮，唱者的情感與歌詞內容及歌曲的旋律融為一體，才能適當的表達。我們且先把〈義勇軍進行曲〉的歌詞寫下來：

起來！不願做奴隸的人們！
把我們的血肉，
築成我們新的長城！
中華民族到了最危險的時候，
每個人被迫著發出最後的吼聲。
起來！起來！起來！
我們萬眾一心，
冒著敵人的炮火，前進！
冒著敵人的炮火，前進！
前進！前進！進！

作為抗日歌曲，同仇敵愾、激發人心、爭取勝利，這首歌曲的確發揮了極大的作用。

抗戰時期，地不分南北、人不分老幼，一經上口，就立時熱血沸騰了。歌詞簡潔易曉，曲調有強大感染力，真是難得的名曲。作為革命草創新國的中國共產黨的黨歌，實至名歸、不容置疑。淺顯有力、勇往直前、昂揚輕快，即使不唱歌詞而單以音樂演奏，也是十分有效感人。但是，作為國歌，要張口唱出，以當前的中國國情和國勢而論，要把內涵悲壯、氣氛激昂的這首歌曲大聲唱出來，就似乎有在國家慶典及面對國際友人之際，粗脖紅臉、誓不戴天、怒火中燒、雙眼噙淚的感受了。「起來！不願做奴隸的人們！／把我們的血肉，／築成我們新的長城！」一開始就這樣唱出，難道不會讓國際人士覺得不安嗎？電視上常見在某些國際場合（如中國官方訪問外邦、國際慶典、運動會），國人在聽聆國歌演奏時，都只敢忍氣吞聲、低吟淺唱或不動聲色，實在覺得鬱悶。中國人該表現的自主自強自豪的形象，統統吞嚥到肚腹中去了。

因此，我強烈的感受到，中華人民共和國的國歌——〈義勇軍進行曲〉的歌詞，確實需要改變了，因為，太不合國情實際了。在人口十餘億多的中國，公開徵求歌詞，絕對不是困難的事。原有的〈義勇軍進行曲〉所傳達的悲憤、慷慨激昂，應該由能代表崛起的泱泱大國雍容、自信、自強的現實取代，歌詞要能讓每一個中國人唱起來時發自肺腑才是。

自民間廣徵國歌歌詞，但似乎不必另譜新曲，因為〈義勇軍進行曲〉的曲調明快、有力。寫到此處，我不禁想到，如果讓〈義勇軍進行曲〉曲詞不易，自「國歌」地位退出，永存歷史，似也不一定要新的歌詞及另譜新聲，若以現有的〈歌唱祖國〉這首大家廣知的歌曲，權宜作偉大的祖國的國歌，其實很不錯。這首曲子具有強大的親和力，唱出了中國的雍容、富足、福泰、奮起、圖強。作為國歌，非常適切，只要把歌曲中歌頌毛澤東以及敵視外人的幾句刪除，餘下的無懈可擊。可將原曲歌詞刪減如下：

五星紅旗迎風飄揚。
勝利歌聲多麼響亮；
歌唱我們親愛的祖國，
從今走向繁榮富強。

越過高山，越過平原，

跨過奔騰的黃河長江；
寬廣美麗的土地，
是我們親愛的家鄉，
英雄的人民站起來了！
我們團結友愛堅強如鋼。

東方太陽，正在升起，
人民共和國正在成長；
我們的生活天天向上，
我們的前途萬丈光芒；
歌唱我們親愛的祖國，
從今走向繁榮富強。

這首歌，由軍樂及交響樂演奏，壯闊、雄渾、華麗，充分流露國人自豪、自信、締造幸福、兼善天下的美滿感覺。而歌詞更明示國人將走向團結一致、親愛精誠的社會中，大步邁向光明未來的前景豪情。以這樣的歌曲作為中國的國歌，正是不必捨近求遠，巧為量身的。

二〇一一年五月《明報月刊》

臺北行——老漢歸國十一日鈔

我所心儀的中國當代散文大家吳魯芹先生（一九一八—一九八三），在其一九八三年出版的《臺北一月和》一書中，對於他離臺赴美闊別了二十年後返臺四周的羈旅，感懷良多。在書末，作者描寫與老友詩人周棄子道別，有這樣的文字：

這次和棄子互道珍重而別，我想是「別」定了。因為再過一兩天，我就得打道回府。歸途想起幾年前我託紹唐為我覓一本《未埋菴短書》（按：著者周棄子），棄子特地在扉頁上題了一首七絕，詩云：「乘桴一往海漫漫，國破山河去處難；垂死料無相見日，感君辛苦為叢殘。」我當時對相見無日的預告，當然悵惘，然而無法否定。他既不會出國考察，也無親可探，而我也並無歸國一遊的打算，只有止於悵惘了。

吳先生的大著書名中的那個「和」字，去聲，取「攪和」之意，這是吳氏幽默。試想，棲遲美國二十年後，回歸寶島，訪舊憶昔，物是人非，卻被同胞友朋的厚愛包容，感懷萬千自不可免，於是產生了「報恩」、「打擾」的歉疚，以「和」帶過。但我這次返臺十有一日，非似吳氏的「首度」。自一九六四年離臺棲遲域外約半世紀中，返臺早不計其數。與親朋道別，更絕無「別定了」之念。對故舊的騷擾，很可能使對方心生「怕怕」，故行前立意決心，採低調隱姓埋名方式，絕對不預先假魚雁遍告各方，亦不在當地電話通報，只學徐志摩的〈再別康橋〉：「輕輕的我走了，／正如我輕輕的來；／我輕輕的招手，作別西天的雲彩。」「悄悄的我走了，／正如我悄悄的來；／我揮一揮衣袖，／不帶走一片雲彩。」

何況，我此度返臺十有一日，全然是因為莊氏兄弟（因、喆、靈）三家三代親人大團聚，都屬「私事」，無由擾人；更因既已返臺不計其數，絕不可對友輩一而再、再而三騷擾，舊事也不必一再重提。盤算既定，「歸入武陵源」的心意堅定，便讓我老僧入定了。

以上所言，說的是我此番返臺與魯芹先生返臺之「異」。然則，異中畢竟有「同」。因為此度短暫十有一日的秘訪臺北，不但兄弟相見都老態畢呈，即使見及少數故舊，大家都顯龍鍾，全數壽登古稀了。而最令人心有餘悸的是，後輩快速成長，不但人高馬大，且都格局沛煥軒昂，真的是後生可畏了。這一次，「老」的閃現，直如電劈雷轟，令人驚懼。比方說，臺北街頭，我一再被人呼為「老先生」，連尊稱禮貌的「伯伯」都聽聞不到了。過街行路，後輩爭相左右攙扶，大有「架空」之勢。上下階梯，若無扶手欄杆，便有不踏實之感。老之已至，毋庸諱言。詞云「未老莫還鄉，還鄉須斷腸」，對我而言，也許「人老莫還鄉，還鄉須斷腸」更為貼切。魯芹先生和他友人棄子先生珍重道別的「悵惘」，於我亦然，在歸途中不時撞擊著我。一忖三思，但覺著實老矣，而非「別定了」。

其樂其爽不下木蘭矣

二〇一一年（歲在辛卯）十一月十日至十一日，星期四、星期五

前日清晨零時許在金山登機，近一時起飛。長榮客機實飛十三小時，於臺北時間十日晨六時四十分抵達桃園機場。落雨，但毫無寒意。棲遲天涯短期返臺無數次，而雨中客至，尚屬第一遭。雇車逕奔臺北市大安路豪麗飯店投宿。店在鬧區，雖「結廬在人境」，然「『耳』無車馬喧」。住在八樓，憑窗望去，雨仍在落。臺北市在濕霧冷雨中尚未醒來。

匆匆沐浴，精神為之一爽，遂下樓早餐，餐有中、日、西三式。在美數十載，生活多少已洋化了，於是取熱粥一碗、鹹鴨蛋半粒，外加小菜數色（有油炸花生、油條、肉鬆），純中式。唏哩呼嚕過口，舒服透頂，大快。上海話謂「落胃」，是也。昔日花木蘭代父從軍，役中歸里，〈木蘭辭〉中有「脫我戰時袍，著我舊時裳」句，對我來說，拋開牛奶、麵包，甩掉果醬、黃油，雖不必更衣易裳，其樂其爽已不下木蘭矣。

此度返臺，飛行途中並無睡眠，而抵臺後竟然精神亢奮，毫無倦意。老了？痲木不仁了？還是因回家而神泰心寬了？

十時，與美麗去銀行辦理存款提款事宜。旋赴和平東路、新生南路口美麗阿舅家探訪舅媽。二〇〇七年我回臺參加母校臺中二中同學會，曾去阿舅家探視二老，男主人仍健朗十分，高談闊論、語聲宏亮，不意阿舅今秋竟因肺癌謝世。流水四年間，人去樓存。我們在阿舅靈位前行禮祭拜時，真感「人生似幻化，終當歸空無」，昔日來臺青壯之士，於今大皆物故，自己也變成白髮蕭蕭的古稀老叟了。歲月遽逝，真是無奈。

自阿舅家辭出，趕赴大安區水源會館應張亨、彭毅學長兄嫂之洗塵午宴。師兄清茂及秋鴻大嫂為陪，客中尚有王信女史。當年在臺大研究所攻讀時，張、彭二位學長住在潮州街臺大教職員宿舍內，雖說屋小且陋，卻經常因關愛而邀約系中如我者單身後生數人前往餐敘。紅燒蹄膀、大蒜黃魚、自製水餃，足讓我等後進有鴻福齊天感受。如今，青絲倏忽轉為白髮，都已退出杏壇，舉目餐廳內我們唯一的一桌翁媼，不禁啞然失笑。

飯後遄返旅社。在坐落於忠孝東路的太平洋崇光百貨公司大樓前下車，擬與妻入內添置若干生活日用小品。但見人潮洶湧、摩肩擦背，且多成群結夥之青少男女徘徊其間，情景真的與五十年前大大不同了，觸目驚心。這裡是臺北的新興商業腹臟區，繁華而車水馬龍，該當如是也。憶及我離臺的時候，此處尚是水田散戶人家，忠孝東路並未設有，不期今朝已是首善之都的 down town 了。

晚膳時分雨仍未歇，於是就在附近巷內一家專賣麵點的小吃店解決了民生問題。我要了一碗牛肉麵，美麗要了一碗乾拌涼麵，新臺幣二百餘元，價雖廉而物不美，甚糟。

在旅社房中讀余英時教授新著《史學研究經驗談》。其中〈一座沒有爆發的火山——

悼亡友張光直〉一文，記述他們於上世紀五十年代在哈佛大學做研究生時的種種。張氏不但「聰慧過人，而且用功的程度更不是常人所能想像」，且頗有烹飪功夫。在哈佛做研究生時，張氏主編了《中國文化中的飲食》(*Food in Chinese Culture*) 一書，結合考古學、人類學及史學，與余氏通力合寫，嗟夫偉哉。張、余二子，是哈佛造就的人類學及史學負盛名的大師級學者，可惜自喻是一座「沒有爆發的火山」的張光直先生，業已因病故去，英才早逝。余氏雖仍健在，目前是美國名學府普林斯頓大學榮譽教授，但如二氏這般出類拔萃的國人後輩，幾乎可說後繼無人了。現在青年，大概很少有學子有意「挺身而出」，盡畢生精力，在人類學、考古學、歷史學、文學……這般虛無飄緲、不切實際的文化領域中拼搏、獻身了。他們似乎沒有廣闊的視野和龐大的格局與抱負，看不見人類文化，只務實生域中的餖飣飣飣，不回顧只瞻前。當然，莫消說似也不具有張光直教授那樣心中如有一座未爆發的火山的濃烈堅志了。

誠兒、康媳和他們的女兒安安，預定今晚自中國西安省親之後飛來臺北。果然，夜十一時許一家三口在豪麗飯店現身。客中莊家闔家團聚，真好。

願臺北亮麗中伊人意

十一月十二日，星期六

雨仍在落。不大，也不冷。

早飯後，與妻、誠、康、安，一家五口沿忠孝東路步行至國父紀念館。此刻雨已停，但天仍未晴。

紀念廣場上有民間社團主辦之建國百年慶祝活動正在進行，熱鬧十分。館前石階上有合唱團員在該處縱聲高唱，聲徹遐邇。康、安母女係首度來臺，由誠兒帶領四下觀看並照相去了。老夫攜妻沿石階登上二樓，四邊檐下廊道竟為男女青少佔有，坐地吸菸、啜飲飲料、吞食食物者有之；隨樂扭臀擺腰翩然起舞者有之；東倒西歪閒說者有之；劈腿揮拳跳彈操練武術者有之；習唱發聲者有之。國父紀念館變成了集散公地，人民自由意志得到了充分展現，而原應具有肅穆莊寧的氣氛蕩然。老夫行走過世界先進國大都多處，此等現象尚未見過。莊敬自強不談了，閉起眼睛不看外面，我行我素表現寶島人自詡的民權自由，一時頓生略有茫然不適應之感。

晚飯後，雨仍未歇。

從忠孝東路上的欣葉臺菜館步回旅社，一家五口聚集在一榻一几的小屋內飲茶吃水果（蓮霧極佳，綠色椪柑也好）談說。李康言臺北比西安乾淨太多了，人也遠較家鄉人有規矩，和善多禮。總的來說，她認為中國現代文明度相較歐美差了一大截，比臺灣遜了約二十年。肅然聆之，但願伊下回訪臺時，可以見到更為亮麗中意的臺北。

約十一時，誠、康、安返回他們自己的房間。我寬衣沐浴，半臥床上看電視。臺北一地，竟有大小電視頻道數十家之多，堪與全島共有大學及專科學校一百餘所輝映，大矣哉。

電視新聞節目一再重播，熒屏上國（民）民（進）兩黨人士政辯嗆抹，殊感乏味，於是關燈入寢。不知隔海加州金山海灣區的華語電視，夜間此刻播放的連續劇，劇情發展得如何了。

墓園拜祭

十一月十三日，星期日

晨六時即起，雨不下了。

梳洗畢，下樓胡亂吃了早飯，即與誠兒一家乘計程車赴火車站。今日莊家親人集體去臺中祭掃先父先母靈園。高鐵快車約一小時抵臺中，與靈弟長婿民雄及其次女在車站會合。旋租車開往大度山，莊家三代集體謁靈還是第一次。上香行禮後，我拔除了墓地草坪上的野草數把。墓地後原有極具風水的一株青松業經伐去。這是我在臺第四度掃墓。頭三次尚無老母靈碑之設，如今二老長眠地下，得悉他們從未見過的次子兒媳及曾孫女也來參拜，大概會含笑九泉了。自思有朝一日在異國亡故，尚不知身葬何處。想起來袁枚的〈祭妹文〉中「朔風野大，阿兄歸矣」一句，備感淒涼。

離開墓園，下山去市區的善導寺追祭當年隨家父自大陸同來臺灣的故宮職員故（劉）峩士及（黃）居祥二位老伯遺骨。劉、黃二位先生都是一九三〇年代對日抗戰時在貴州安順縣經家父推介加入故宮的。峩士先生當年北平藝專畢業，攻國畫，極有才氣；居祥先生從事民間藝術，尤重繪畫。二位對三弟莊喆的繪畫藝術啟蒙頗大。

此時已近午時，即去赴霧峰途中之原省議會樓址用餐。臺灣省政府自撤銷之後，原有之省議會當然也解散了。但省議會則人去而樓未空，現今易為一餐廳及少數賣店之商業所在。我們吃的是臺菜，但也有日式「刺身」（海鮮壽司）及「天婦羅」（油炸蝦及生菜）。

餐畢，去霧峰北溝原故宮博物院遺址，不能說是「參觀」，只可說是「憑弔」而已。故宮原有藏於山洞之庫房、展覽室、員工宿舍等，均在一九九九年的大地震中蕩然無存了。過膝的衰草漫漫，一片荒涼。靈弟手拿著當年在原址拍攝的老照片，向大家解說一屋一舍的原貌及所在，卻也減不了我對「阿罩霧」（霧峰的老名字）的欷歔了。離去北溝，旋往霧峰市區一轉。我們去了當年喆弟及馬浩的結婚教堂。他們說，教堂比前此擴大了，也更新了。並稱，喆弟原贈給該教堂有紀念性的幾幅畫作，也被當時主持他們婚禮的牧師席捲而去。「騎馬倚斜橋，滿樓紅袖招」的情景，早隨近處一條半乾枯的小溪流水一去不返。我們也理所當然去了近旁的林家花園。花園為臺灣望族林獻堂先生所有，現經政府闢為觀光景點。花木整修得有序美好，紀念館中陳列林氏生前文獻文物多多。

說來可笑，我在霧峰北溝山間住了五載，一個中學生，對歷史文物似尚未有正規意識，連近在咫尺的林家花園，只知其名而從未造訪，真是遺憾慚愧。如今對歷史文物極端重視，可惜青春已不在了。徒增華髮，悲夫！

臨離臺中乘火車北上時，感覺此番有未能如期許的憾事數起：一、未能去母校臺中二中一行；二、未能在中正路上距火車站相去不遠的當年全市最大、最著名餐館沁園春飽餐一頓回味往昔；三、未能在原先豐中路上的菜市場買一包花生米，享受前往學校一路上「春風得意」、邊走邊吃的快意；四、未能在太平路上第一市場吃一碗新鮮四菓剉冰；五、未能在位於自由路上負有全臺美名的太陽堂買一盒酥香的太陽餅（按：臺中太陽堂為全臺首家創製太陽餅的專賣店）；六、未能去自由路上原有市府賓館的樹木參天大花園，回憶於讀初三時某日與同學持鳥槍打獵，子彈誤中張姓同學大腿的荒謬往事。出借肇事槍枝的「元兇」王敬弢及品學兼優的「受害人」張立綱，中學畢業同年考入臺大電機工程系，而後同赴美國留學深造，立綱兄後榮任中央研究院院士，可惜他們都先後在美國過世了。

乘午後四時許的高鐵返臺北。抵步，旋往忠孝東路上的永福樓晚宴。席開兩桌，是靈弟為老夫與三哥莊喆所設。除家人外，外賓尚有三民書局董事長劉振強兄、家父生前得意門生莊君伯和及夫人兄嫂、中日戰爭期間在貴州省安順縣國立黔江中學就讀的家父門生王心均及朱增郁兩位大兄，以及老夫臺中二中、臺大兩度同窗校友陳彥增老弟。永福樓提供江浙菜，菜色靚好，其乾燒大魚頭更是可圈可點，為我睽違良久的美食，吃得我直如上海話所說的「落胃」，過癮之極。這種吃純中國菜的境況，失於野久矣。就以我在美國加州華人眾多的金山海灣一帶的中國餐館來說，菜式基本上彼此大同小異，南北雜陳，再加上中西兼具的料理方式，早就不能令人食指大動，因而「努力加餐飯」了。

十一月十四日，星期一

來臺五日，吃、喝、睡都無異常。沒有磅秤，不知體重實際上是增了或是減了。其實，外出旅行，原無需斤斤計較，考慮此等細事絕非大智，對大局應無牽扯才是。

上午十時，與妻率莊誠一家同往士林故宮博物院參觀。

故宮也是車滿為患、人潮沸騰。像極了臺北市新興鬧區忠孝東路上的太平洋崇光百貨公司。如果進宮參觀的人都屬真的有高雅文化意識，也有濃重的歷史文化情操，對舉世無雙的中華文物國寶懷著珍視的態度，倒也罷了。果然如此的話，豈非臺灣的國人都表現出高尚的文化感，以「世界現代優質民族」的尊榮揚眉吐氣，昂首國際了？

　　我在展覽室中對多如過江之鯽的參觀者的印象，就彷彿當年在西門町電影院前與囂張的黃牛擠成一堆搶購電影入場券的觀眾一樣。人實在多得有些礙眼了。在那裡，真心想仔細瀏覽欣賞歷史文物的人，絕對沒有可能滿足。實際上，我的感受是，博物院當局白給了我免費參觀的殊遇了（按：六十五歲以上老人可以出示身分，免票入場）。在文物紀念品專賣店中，購物者熙熙攘攘，對著琳瑯滿目的文物複製品，就跟在你來我往的市場中購買食品及日用品一樣。因此，我們有觀無賞的參觀就適可而止。

　　午間在頂樓的三希堂用餐。我點了一份宋徽宗當年喜食的菜餚——焢肉，這與先前在文物紀念品專賣店中所購買的一枝印有御批「知道了」三字的原子筆，兩相對照，想做一日帝王春秋大夢的愚癡狂想，彰顯無疑。這當然是笑話。我真正欲吐的肺腑之言是，故宮「三希堂餐廳」的取名不錯，很雅致，而廳內的陳設布置也頗大方得體。要是據此核分的話，給個「甲下」當不為過。

　　餐畢，逕去故宮正殿右側原先莊家所居住的宿舍一探。家母過世以後，房舍已退還給公家，靈弟遷居到淡水去了。屋舍現為博物院某部門的辦公地。屋內女職員知悉我們即是當年的故居住戶以後，大方禮貌地歡迎我們入內一看。在匆匆一瞥之後辭出，因為這趟故宮行，內心的感慨已經太多了。

晚飯在附近忠孝東路巷弄內一家扁食餐室進餐。要了扁食湯麵三碗、滷肉飯一碗、滷豬耳一碟、各式青菜三碟。簡單吃了，即返旅社休息。這兩天在市中所見有數事，值得一記：

一、一般說來，臺北人的禮貌頗有進步。我們乘車抵達旅社那天早上，門口的侍者穿戴清潔整齊，撐傘步下臺階開車門相迎，笑稱「歡迎光臨」。我在樓下的大堂坐讀報紙，不久，便有服務人員趨近禮貌詢問是否需要飲料。

二、乘坐計程車，付車資下車時，駕駛人大都說「謝謝」、「慢走」。如下車時落雨，有的更說「路滑請小心，先生好走」。

三、各行的服務人員，都多禮和藹可親，非常好。旅社內清理客房的服務員（女性），總是滿面微笑，每一遇及，都頻頻示好。銀行、區公所的櫃檯人員，也面善多禮，工作快捷。

四、面善、含笑、多禮很好，是不爭事實。點到為止，不宜過度。我在旅社食堂用餐，服務人員手腳勤快，笑容可掬，態度懇切，十分稱職。但我見有服勤者善意向前，對在餐桌旁用餐的食客笑稱「我有一點醫學常識，願與您分享」，主動開話，言說什麼應該多吃，什麼不宜多用，這就對食客造成不必要的干擾了。即使所言屬實，但場合及時間都不恰當。

五、公車全身彩繪，五顏六色、亮麗耀眼，成了招搖過市的活動廣告。我也見到鬧區街頭有「魔徒」車伴著播放大音量的音樂快速馳過，車尾插了五星紅旗，上書「四海一家、民族團結、兩岸和平」，迎風飄揚。這都顯得民權的自由度稍微寬泛了些。

六、某餐廳的大片玻璃窗外，竟是泳池。用餐時，但見女泳者燕瘦環肥在池畔現身。「秀色可餐」，此之謂歟？

七、公廁不但乾乾淨淨，且整潔奪目。衛生已達先進水平，大好。與先前之汙穢雜亂且氣味襲人實不可同日而語。但是，在小解池前方的白牆上，常見上書「您的向前一步，可免水患發生」一類的字迹，語雖幽默，卻也破壞了廁所的整體清潔衛生觀感。再說，似也有損國人自尊。這是善意的文明招示，但非治本之策。對於少數積習難改的君子，恐怕斗大的字也起不了什麼作用。

八、公園中常見有隨遇而安臥在長凳上的人，與已經提升了的國民社交禮儀及公共道德頗不協調。我更見報上有屏東觀光區公園內有人「借用」由地下冒出之地火免費烹燒煮雞蛋爆玉米的新聞，真是匪夷所思。公眾場所警察多已不見，這肯定是社會文明的大進步。但對於少數不合群、堅持太多個人自由的個人，警察大人似也不要過於悠閒了才好。

鄧麗君力道遠勝政治喊話

十一月十五日，星期二

又落雨了。

午前十時租車與美麗及誠兒一家同往金山金寶山靈骨塔拜祭岳父母大人靈骨。車沿山線馳行，大霧瀰漫，十尺之外不見景物。故抵達時較原定的四十分鐘多出了約半小時。該地我前此去過，風水甚好，而這次整座山埋藏在茫茫霧海中，什麼都看不清。

我們在該地食堂用午餐。

原期順道參觀山下的朱銘雕塑計畫撤銷。但康媳堅持要去鄧麗君墓一看，她是鄧女士的忠誠「粉絲」，鄧的長歌短調能倒背如流。我與美麗在車內相候，十餘分鐘不見她與誠兒自濃霧中走出，於是開車門大呼，山鳴谷應，始見二人悻悻然自霧裡現身。鄧麗君有如此知音，遠從中國大陸而美國而臺灣，在冷雨迷霧中前來憑弔，地下有知，定然歡喜。她的溫柔嗲媚甜美歌聲，實際早發揮了無限力道，把臺海的兩岸疏距拉攏了一大截，似比政治上的表演喊話效果大得多。

歸返臺北改採海線公路，抵步近午後四時半。

六點鐘，一家五口逛士林夜市。因下雨故，遊客不多，沒有萬頭攢動場面。放膽放量大吃，蚵仔煎、炒米粉、牛肉麵、炸雞排、烤玉米、花生、大腸包小腸、臭豆腐，一一嘗過。不知怎麼，覺得蚵仔煎不如當年做臺大學生時去未拆除的圓環攤位的好吃。當年在南昌街邊夜市小竹籠疊架蒸製的當歸鴨也未見到，貼烤的掛爐菱形燒餅也沒有發現，稍感遺憾。康媳的一口京片子在士林夜市招了損，購買三小紙袋的臺灣特產水果（楊桃、蓮霧、番石榴）被要價六百元臺幣。

約九時返抵旅社。室內舉家夜話一小時即散。沐後，看電視半句鐘，就寢。躺在床上，家父母、岳父母音容不時在腦中閃現。「也無風雨也無晴」，抗戰八年四處流竄，國共內戰離（南）京遷臺，由臺赴澳（洲），再由澳去美，棲遲域外五十載，少小變成老叟，青絲轉為白髮，假洋鬼子回歸祖國，海、陸、空跋涉半個世紀行遍世界五大洲之三洲後而棲遲「他鄉」，累了，睡吧！

十一月十六日，星期三，陰、有毛毛雨

上午十時又半應靈弟、夏生召喚，莊氏昆仲三人聚於淡水其「幻住居」家屋。幻住居布置精緻清新脫俗。居在半山上，山巒環繞、一水長流，有山風入室，既清又爽。

午飯主人以牛肉麵及臺北信遠齋滷味饗客，飯後更以家父私藏之越百年普洱茶與客同享。二時，電話與彥增聯繫，請引我去臺北振興醫院探望大學老友馬君宏祥。當年宏祥意氣風發，猶如騎馬操戈之戰士，因而自署「馬戈」為字。離臺赴美後，馬戈投入聯合國服務，長期調派歐洲，長駐瑞士。五年前退休返臺，擬長住。不幸罹患甲狀腺癌，手術傷及聲帶，已不能言。見及時，容顏憔悴削瘦，已不復大學時代之躍馬揮戈的英雄氣概。我們取紙筆談，但大多時間盡在不言之中。想起了《古詩十九首》有句云：「行行重行行，與君生別離；相去萬餘里，各在天一涯。道路阻且長，會面安可知。」想想

數日後我就要飛返美國，棲遲天涯去了，幾十年的友情，就這樣「與君生別離」，「會面安可知」可能悲觀了一點，但何時再會面？與馬戈道別時，他送我出會客室，我卻不願回首走了。

今日日程輕鬆，趁機旅中多加休息。晚十時半即入寢。睡中有夢，與彥增、馬戈漫步在杜鵑花城的椰林大道上，鐘聲悠揚。

十一月十七日，星期四，陰、偶有小雨

十一時出門，赴欣葉自助餐館應師兄清茂及大嫂秋鴻午宴。陪客尚有王信、宋雅姿二女史。菜中有紅燒豬腳一味，極好，吃了三大塊。

晚飯一家五口在忠孝東路之鼎泰豐用餐。晚飯正餐在此店進行並不甚宜，但因其名昭著，應介紹誠兒康媳知道。於是晚飯權當午餐吃了。我們要了小籠包兩客、油豆腐細粉兩碗、牛肉麵一碗、蛋炒飯一碟、小吃素菜兩碟、包子三枚，價臺幣二千餘元。誠、康並未盛讚，可能覺得與取費稍昂了些有關。

臺灣自由度開歷史之先河

十一月十八日，星期五

早餐後，巧遇在金山灣區耄耋老饕團團長大人施君國荃及夫人於會客室。天涯相見，既驚又喜。趨前致敬致意，知悉其賢弟自歐洲隨樂團來臺演出，特趕來捧場，此情恰似莊門昆仲三代家人在臺大團聚，親情何極。團長大人臺北建國中學畢業，大學與靈弟同校，主攻農科，後赴美留學轉習航空工程，廣交善緣，體胖、豪爽、篤厚，異人也。

十一時許，靈弟與夏生來訪。他各方事務纏身，今日得空特來旅社相陪二哥二嫂，親情可感。旋即駕車去市區一遊。

先至中正紀念堂。場地上有一雕塑家假亞洲藝術中心之名陳列巨型金屬雕塑十具。最大者蘭亭巨人，高二丈有餘，立在中正紀念堂廣場正前方，一眼望去，猗歟偉哉，把中正紀念堂全然擋住，而中正紀念堂之莊穆氣氛都被逼退了。這等事，想係臺北市政府教育當局定有所悉，如何無人加以指導或指示，展品之立地展覽，選擇的場所原本不適，既已展出，展品之如何安排，不當任意由之。這是「紀念堂」，不是新公園，也不是藝術館。試問，這樣的安排展出，華盛頓林肯紀念堂前行嗎？比中華民國有更多自由的國家都沒有如此的自由，在臺灣的中國人的自由度，真開了歷史先河了。我在前文已經列舉了許多鮮見的自由度狂飆現象了，現在又添一樁，端的此行不虛。民進黨持政期間，硬把中正紀念堂前石牌上「大中至正」的匾拆下，換成「自由廣場」四字，這就突顯了民主自由了麼？爾今國民黨重掌政權，雖沒有民進黨的激進行為，但也不能變成了聾盲喑啞的殘障，息事寧人。這種草根意識的任意膨脹，實乃建國之亂源也。

此番返臺，我一直以未能吃到掛爐香酥的燒餅為憾，靈弟知悉，今日特帶我去桃源街吃牛肉麵以為平衡。我們去的這家牛肉麵店不見店名，但生意大好，食客排隊恭候。我們在無名氏牛肉麵店二樓進餐。心想，既無店名，料店家有似我此度訪臺隱姓埋名，不求聞達之意；然則再進一步追問，既無名，每年向政府申報稅收事宜如何打點？萬一起了興訟官司，該怎麼辦？最後想到，「干卿底事」，不要胡思亂想了，還是「努力加餐飯」吧。

飯後，我有意在重慶南路三段逛逛書店。衡陽街頭，原有大業皮鞋店一家，我那年自臺中北上入學臺大，此生第一雙皮鞋穿在腳上，就是在大業皮鞋店買的。衡陽路對我來說，還有其他的懷念。當年路邊有賣鍋貼、油豆腐細粉的攤販，主人是退役軍人，也是我的恩人。一個窮學生竟然可以在該處「賒帳」飽餐一頓（大約每周兩次），未之有也。博愛路也是我記憶猶新之地。約五十年前，我出國赴澳洲，此生第一套全新筆挺百分之百進口英國呢料西服，就是在這條街上一家服裝店（可惜忘了店名），由一位上海籍的師傅為我裁製的。沿博愛路去火車站的方向一直走下去，應該就是南門了。我在離臺赴澳前夕，向父母告別的家書就是在那裡的郵政總局投出的。

靈弟陪我去了中山堂。出國後返臺不計其數了，可是從未再去過該處。當年國家大典大都在此隆重舉行，二次世界大戰結束日本向中國簽降，臺灣光復，就在此處。可是，如今臺北的首善之區已經他遷，中山堂、西門町、衡陽路、博愛路，都已繁華不再了。歲月無情，令人感嘆。五十年是兩代的歲時，我看見了什麼？

喆弟、馬浩今離臺赴港，轉返美東。而明日誠康一家返美。莊氏一門臺北聚首，又將星散。想起了在南京的少年時聽聞李香蘭（山口淑子）唱的歌曲，「今宵離別後，何日君再來」，悵然。

十一月十九日，星期六，陰

上午在旅社整理行囊，後天將乘風歸去矣。誠、康、安午後三時半離旅社赴桃園返美，行時雨仍未歇。送他們登車後，回到房裡，忽有寂寞之感。人到老年，大概不論何時何地，都會有寂寞感受，原鄉與他鄉，似無大異。最後去了「無何有之鄉」，「縱身大化中，終將歸空無」。人生就是如此的了。

回歸「他鄉」

十一月二十日，星期日，陰

上午無任何特定安排，在旅社休息。

中午與美麗逛忠孝東路地下街，不買什麼，也不特意觀看什麼，信步漫行。在八方雲集小飯店用午餐，八支鍋貼（真的兩端開口，不是煎餃子強稱鍋貼）、八支水餃、酸辣湯一碗，價百元，可口舒服，為此次臺北行最經濟又物美的一頓飯。店雖小，但食物新鮮乾淨，座位整潔，極好。為管理計，店家所供應的餐具，舉凡紙包竹筷、塑料硬紙杯盤碗碟，餐後即棄，小店經營，這是頗有頭腦的設計。據云，該店全臺共有三百餘家，是連鎖店生意。連年獲獎，值得推廣。如向海外發展，相信必有斬獲。

昨天睡了近十小時，故精神特好。讀今日《聯合報》，副刊上有彭歌先生〈文學的寂寞與期望〉一文，說：「魏晉風流以『求逸樂、反傳統、排聖哲、非理法』為共同的思想基礎。我們今天的社會，在追求自由、擴張自我的要求下，是否也多多少少有這種心態？」說得太對了。這樣的文字，大概在今日不讀書（尤其是古籍），只玩電腦的廣大群眾，看不見也不會看了。彭先生的話與我此行所觀所感，真有巧合之處。

他還說：「當下的臺灣，如果還有人再強調『為天地立心，為生民立命』，大概會被人視為迂闊落伍，不識時務。若仍有太多的『感時憂國』，也難免受到有意無意的菲薄。」這更對。老臣謀國一說，早就被當代的謀國者揚棄了。

彭先生在文末還說：「文風影響士風，士風影響政風，乃至整個的社會共同命運。自由而不講責任，享樂而不計後果，魏晉風流後遺的災難，有令人不忍言者。」這更是我想說的。我不是臺灣人（公民），但我是中國人乃不爭之實。這樣的中國人是文化的中國人，不是政治上的中國人。而在臺灣的中國人卻總是突出強調中國人的政治性，而不談文化性，要與「中國」切割。這樣，臺灣人變得似乎沒有意義了。

明日即將回歸「他鄉」了。匆匆十有一日，記錄此行所見所感所思。下次再來臺北，我還是以「文化的中國人」自居的。

二〇一三年一月香港《明報月刊》

十六羅漢尊者造像

去年（二〇〇三）六月，我七十虛度。喆弟自紐約寄給我一卷他繪製的「羅漢造像」圖為壽禮，用為祝賀之意。他一向以抽象寫意為杲創，然於近期代之以人物繪畫，這種轉折，令我訝異。

其實，世間種種，看在眼中，莫不以「人」的心眼為主導。能透過「人」而觀望世界，方令我們產生有以人為本的真實，有以人為本的壯麗，以及有以人為本的優越、滿足和榮耀。無論什麼領域，凡屬歸於人本者，都是令人感到巨喜而值得大大頌讚。文學、科學、醫學、音樂、藝術、政治、經濟……一言以蔽之，可謂無「人」則無以立。是此，我對於喆弟於邁入老境歸返「人」界，發而為對繪畫藝術新的創作立意，自有一份竊喜。

喆弟所贈羅漢圖卷計羅漢十有八尊，設色。尊者或仰天而視、或搖扇觀世、或策杖踽行、或倚石穆坐、或相聚談說、或樹下冥思，大皆跣足寬袍裹身，極富仙道飄逸色彩。初步印象是顯受一般中土文化影響之造形。不期數月之後，彼再寄我單幅羅漢造像十六張，尊者之神情、靈性、造形、用色，與前此長卷中人大異。他來信稱，因投入繪作之後，忽有悟省，於是略微考究。蓋羅漢原非中土所有，故將搖扇、策杖、長眉巨耳之重點撤除，代之以印度人之虯髯、隆準特徵。他的二度羅漢造像，乃以五代之貫休和尚所繪製之羅漢圖像為依據，再加臨摹創設。這樣的還原歸真之誠意，自屬難得。而他此度寄贈之羅漢尊者造像之所以令我大為讚嘆並折服處，在於其設色之允稱、濃淡之調和、大筆重墨之皴染撼心以及細筆勾勒之生情，在在呈現大師之功力與卓識。總而言之，觀後但覺淋漓酣暢，盪胸滌心，令人激賞。其大筆揮舞潑墨渲染技法，好似江濤洶湧、暴雨狂風、霹雷電閃、樹撼山搖之悚驚，而其細筆運走之輕盈婉約，彷彿真有「細雨魚兒出」之美好引人遐思。我一直覺得，喆弟繪藝之一大特有創賦，是他淵源於故宮珍藏畫作之用墨技法的渲感，將此神髓潛移默化植於西方現代繪畫之中，中國繪畫的「筆法」，他又有意的滲入了西畫的創作，於是中西渾融，自創大家之風。這種技法風格，恐怕是當今從事西方繪畫之東方藝人所鮮見的。喆弟之創意，可謂「當之無愧」。「內舉不避親」，誠然。

貫休所製羅漢原圖惜已不存。在《唐宋元明名畫大觀》冊中，只列有其羅漢造像五尊，餘者未曾得見。按貫休繪製之羅漢尊者計十六尊，而俗稱「十八羅漢」，乃後人繪製「伏虎」及「騎麟」二圖增列者。貫休原圖乃為後人歷來之摹本，如吳彬、李公麟、丁雲鵬等可證。除上述之畫本外，今另有杭州、四川、桂林及日本之刻石本與木刻本，都只有羅漢十六尊，足見「十八羅漢」一說之為偽。喆弟所製之十六羅漢尊者造像，乃以《唐宋元明名畫大觀》一書中所刊列之貫休原作羅漢五尊為本，再參酌桂林隱山華蓋庵刻石羅漢本為輔，重新造像。此文中我一再用「造像」一語，而不用「畫像」「寫像」「繪像」等詞，正在突出莊喆從事此一羅漢圖像系列創作之旨意。喆弟在給我的信上這樣說：「各刻像石上的羅漢造形，乃臨摹貫休原畫。我兩相對照，原作的古樸雄偉筆勢，全沒有了。」我們知道，凡從事書藝的人，其臨摹之範本，大皆不外「拓本」與「寫本」二種。前者即是透過金石藝匠之手，將原字依樣銘刻於木石之上，再經後人精細拓下者；而後者乃我們所謂的「原作」或「原件」。姑不論刻工功力之如何精湛高絕，亦不論銘刻人之如何盡力存真，藝術品倘經這般的再創造，其失真損美之處自不待言。原作之自然圓融、溫潤委婉以及秀逸皆亡，但餘若干剛毅之線條而已。若自藝術的角度審視，則剛柔、疏密、陰陽、濃淡、枯潤都失濟了，寧非憾事。書藝如此，繪事又何獨不然？我曾注意喆弟畫作良久，且加琢磨，發現他是一位非常著重於「筆勢」的畫家。這種在中國繪畫上極為講求的技法，對一般東方之藝術工作者，或許可說未能得到一定的重視。

莊喆決定重為羅漢造像，端在此一「造」字。造者，就字面意義言，就是「建立」、「創造」與「虛構」。五代貫休和尚羅漢圖像原作是否屬於「寫真」，我們今已無由知悉。如非寫真，則一「造」字定乃賦予了貫休極大的創作空間。於是，貫休和尚所創之羅漢尊者，想當然耳是栩栩如生的了，個個當係有生命、有個性、有威慈的尊者了。他在給我的某次信函中提到：「臺北故宮羅漢展冊文中說，五世紀時大乘羅漢觀傳入中土，北涼道泰等所譯《入大乘論》即言此十六羅漢皆於佛前取籌護法，住壽於世界。所以，這些尊者是不入涅槃而常住世間，顯揚佛法而樂利眾生的。而這也正是我所期望畫出來的重點——有生命、有個性、有威慈。但是，唐宋以後，歷代畫人所成的羅漢卻走了樣，過多的神仙色彩及道家色彩取代亦掩蓋了原旨，不純了。我的這十六尊羅漢，打算依貫休所繪原像風貌，但完全從現代人的角度來看貫休原畫。因為，既是以此為題，就不能完全不相干。譬如畢卡索，畫他的四個老婆，每個都極盡誇張變化，可是又完全是肖像的『真』味傳出，這才令人佩服，也是藝高之處。」

莊喆所謂的「純」，即是盡量拋卻中國的仙道老莊色彩，而將羅漢歸真於印度的努力。一九八六年春，他曾有印度之旅。這個文化古國歷來受盡外族侵略及帝國主義的統治，給予他極深的印象。他在二〇〇三年十二月給我的另一信件中說：「我還記得在印度旅行時，見到了不少印度人稱之為『聖者』的印度人。這些人，幾乎就是活羅漢。因為他們的確常住世間。在路邊、房舍的角落、廣場的邊緣，我常見合十打坐的活羅漢。或白髮披肩，或鬈髮打髻，或半裸，或著袍，皮膚漆黑發亮，美極了。這一段緣，也是令我把這十六尊羅漢放回其文化淵源去的原因。」實則，對我而言，莊喆所說的「純」，乃是經過感情的移植，把創作者的哲思及精神，於潛化中歸附於羅漢的想像造形，而成為一種藝術性的投創意識的展現。簡言之，他屬意將羅漢在中土的神化面影密蒙下，掃除掉那一層「外加」的紗幔，還其「人」之原本。這是一種博大的具有人本意識的宏規探索。它有宗教的虔尊，但無宗教的神秘色彩，實係一種超然純真的體現。

古代沒有今時之攝影藝術，得以科技傳真。是故，造像藝術完全繫於藝術家之創作心意。苦悲、福樂、灑脫、矜斂、忠奸、善詭，都係藝術家憑其高技深知及對人物之深切體解而創設。易言之，原創者（藝術家）本人之精神、思緒，與所創之人物業已糅合為一，而其所創則難免有創作者本人一定的投入。故而在造形及表情方面，極可能有創作者一己之面目特徵出現。總地來說，莊喆筆下的羅漢造像，糾集了虹麗活潑，揮灑之下，氣勢奪人。

「羅漢」一語，是為梵語 Arhat 一字漢語音譯「阿羅漢」之略稱。羅漢者，佛家聲聞乘斷盡三界（佛家認為凡夫生死往來之世界可分而為三，即欲界、色界、無色界）一切思惑之聖者名。所謂「看破一切」，即係指此。中國人謂「看破紅塵」，皈依佛法，削髮為僧為尼，遁入空門。因此，藝術家於創作繪製人物時，倘能自羅漢著手，必有一層精深博大之意義存在，而若能將此一層深義敷設，便會引發一種純化作用。如此之還歸人本，實係藝術之至上尊貴處。最近讀到旅居北加州之女詩人潘郁琦女史的一首詩作〈一縷禪〉，她把禪意與作者巧妙的繫在一起：

一縷禪

是妳給我的問詢

在曾經的那個小河旁
我留存著妳
智慧剎撿的微笑
而妳
以蓮花相持
輕拈
水底的月色
遙指
我迴望的岸邊

妳將鐘聲
串起

每一聲撞擊的痛楚
低眉
仍是陰霾的來去
我將鐘聲夾入
合十的掌中
回向
每一片蕩漾

指間
是妳匆促的
積累
與定慧

坐在小河一旁的，彷彿正是莊喆。蓮花與水底月色，早將一縷禪思繫在了他的身上。

假作真時真亦假

幼時讀書，家長、師輩常用以勗勉學生及未成年人的一句話，是「做一個真真實實的人」。中國話說「做人」，便是此意。人已經被推為萬物之靈了，為何還要「做」？這豈不荒謬自瀆？非也。世間就是有人不惜人的萬物之靈尊號，盡力做出見不得人的勾當來，先人方才製出這樣的詞語，以示警人。「真真實實」做人，就是勉勵告誡人必尊重自己，本本分分、正正經經、老老實實注意言行有矩，不得逾犯。中國人訓斥責罵人「畜牲」，這是非常重的話，把言行逾矩的人擯斥在「人」之外了，言其豬狗不如，因為沒有萬物唯人獨有的文化了。

所謂「真真實實的人」，不僅是說體貌是人，思想智慧隨身，而必須具有教育，不可造孽，方是「完人」。實實在在，就是真。真、實互用成為一個複詞，其理在此。

文明日進，「新」的思路與事物不斷湧現。由於科學領軍，大步向前，很多新觀念新事物都令我們瞠目結舌。譬如說接受「同性戀」，動物複製，電腦手機的廣泛應用，已經弄得讓人覺得時空倒置，真假莫辨了。我就常常感到自己對於「現代」的適應，有些力不從心。《紅樓夢》一書的著者曹雪芹先生曾有「假作真時真亦假，無為有處有還無」這兩句話，沒想到對後人我輩竟然是預言在先了。我於上世紀四〇年代二次世界大戰勝利後在南京讀中學，當時的流行歌曲，有一首由白光主唱的〈假正經〉，以其特有的慵懶、滄桑、惑人鼻音的低沉聲調唱出：「假正經，假正經。做人何必假正經」，似乎把人間的真真假假無情地戳破了。半個世紀過去，我們在現代變幻莫測的時流中生活，這份揶揄，還真把人搞得「假作真時真亦假，無為有處有還無」了。

拿我自己來說，當年在臺考大學，憑的是真實學力。但是，我就知道那時有不少特殊大陸來臺人士子弟，用政府遷臺前大陸某高中頒發的假文憑報考大學。大陸淪陷，真假無從查起，於是教育部核准分發大學就讀。「臺大人」也有真有假。曹雪芹先生書中的話，不期果然一語成讖了。讀研究所時，我戴上了眼鏡，是我此生身上附加的假配備第一樁。真眼睛得有假目光的搭助，才能看清了體如臭蟲大小的文字；第二件配備是假牙，使在齒牙動搖之餘，有驚無恐，仍有餘勇倚杖假牙的淩厲去大啖美食，軟硬無憂。接下來，第三件配件，就是我目前物不離耳的假耳朵——助聽器。耳清目明齒健，快哉拜科學之賜，續享為人之福。

以假亂真，雖說我一直難於接受，但連番襲來，不得不破顏為笑，欣然接受。幸好尚無配戴假髮經驗，也未裝有義臂義足，更無隆胸豐頰之術，否則，豈不成了一具活生生有真心的假活人了。

戴眼鏡、裝假牙，這都是普天之下人的「私」事，看不見身邊世上的齷齪人事與美女佳人，無法享受美食都與人無損。但是，聽不清別人說什麼，尤其是結了婚的男人，倘若聽不清「上司」的號令，那就會大禍臨頭了。因為「聽」與人有涉，與視而不見有異。一向在人前言笑的我，忽然變成不苟言笑，原因就是難於啟齒，對他人所言，不便一再不恥下問。但是，這個有口難言的苦況，他人不知，以為在下自視過高，目中無人，故作洗耳恭聽狀，不屑與人溝通。在家中，僅有二老相依為命，老伴訴說什麼，聲量日高，而我卻仍未能充分掌握，怠慢了上司，使其龍顏不悅了。平時居家，彼此兩眼相望，盡在不言之中，而我又因「大丈夫」氣概難捨，竟然放棄了委曲求全，追問再三，而難言之隱罪不及斬的機會，連逃避現實去看電視的下策，卻也遭到上司的冷言熱諷。因為我認為恰如其分的音量，已經對上司造成了不必要的干擾了。她說：「我在內屋看電視，看的是早已成了上古史的無聲默片。我耳朵聽得見的聲音，是拜您在客廳中的電視節目所賜。影、音來自不同渠道，太可笑了。」一點也不可笑。棲遲天涯，原本苦楚，如今這相依為命的情緣竟因我的愚昧而造成了六級大地震，大事不好，不能由於聽而無聞，令不良氣氛漫生無度了，於是義無反顧決定配裝義耳了。

義耳者，助聽器也。當年在臺耳聰目明全盛期，見有人配戴此物者，耳中掛纏電線，極是累贅。我曾對自己作豪語曰：「此生到了非戴耳機不可之時，絕不降身以求。髮膚受之父母，況耳朵乎！」

我的義耳大小如十分之一枇杷果，置於耳肩處，有一約三吋細線相連的小塞塞置在耳洞中。如不注意，外人正面難見，不知虛實。物雖小巧，但其價不菲，單價每只二千大元。老來已不復少壯時之盛氣凌人氣概了，當時的豪語，早已隨風而逝。我戴上了助聽器，也並非特別為了杜絕友人對我的誤解，而係為了在家漸失的自尊與自信，找回與老伴相依為命的生涯實力。

每日晨起盥洗後，先戴上假牙，現在更增長了化妝時間，雖不施粉畫眉，但清除耳中餘穢，薄施油脂耳中，擦拭助聽器，配戴於耳背，前後大約需要五分鐘，友輩中人，配戴此物者多有；不耐其包收各方雜音，嘈亂擾人，憤而除下，高置櫥上者有之；妥置於精緻小盒中，隨身攜帶，備而不用者有之；與友朋聚會，於談說時，將助聽器放在人前桌上，作豪語曰：「請大聲對此物說話，在下洗耳恭聽」者有之；當眾謊稱忘了攜帶助聽器，面露微笑，故作謹言慎行狀者亦有之。而我自裝配之日始，每日按時配戴，從無間斷。一早戴上，寢前除卸，因而廣博交讚。

說實話，我對友輩中凡購買了助聽器而棄之不用的人，至表同情。比方說，在外行走，風起時，直如大軍過境，搖旗吶喊；打開水喉，一似高崖瀑瀉，山鳴谷應；妻在燈下讀報，翻頁之聲好像拷打逼供；伊在廚間炊製，彷彿京劇臺上的鑼鼓場面；的的確確令人心煩意亂。然則，為了平平靜靜，舒享餘生，小不忍則亂大謀，兩相權衡，弊少利多，大丈夫能忍便忍。這就像配戴了假牙，當然總感覺口中不爽，但當你面對佳餚美食，大啖一快時，孰是孰非，便不須言說了。

科學能造假，但予人優惠方便，就憑這一點，「假作真時真亦假」，So what?

（寄自加州）

美國《世界日報》

天地一沙鷗

日前，參加友人的慶生宴，有人問起何以從未聽聞我的過壽消息。我說，中國傳統上大概只有兩種人享受生辰的祝福，一是幼子（大多過滿月，鮮少足歲慶生），一是老人。給老人的慶生言為「過壽」。一般人是不過什麼生日的。吃蛋糕、吹蠟燭、唱生日快樂歌等等，都是倣效洋人，那不是中華傳統。說從未聽聞我的過壽消息，這「過壽」二字，聽來倒很順耳，因為我已虛度八十了。升斗小民，並非大人先生，亦非什麼政治人物，已經沉默了數十寒暑，哪裡會有突然心血來潮，自我或是等待別人來為我慶生的念頭？其實，從未聽聞我的慶生消息，因為自幼小以來，家中並不似今人之重視此事，連老人都被「輕視」了，況一般人乎！結婚以後，我的「另一半」亦不重視此事，因此就兩兩相忘，默默無聞了。不過，為了破除經友人問起何以未曾聽聞我的生日消息的尷尬，無意間透露了一則從未對外言說的小秘密：自從兒子成人離家後，二十年來與老伴守拙度日。某日，信手翻看日曆，忽然發生與生日有關的不必要聯想來，於是取筆將我的生日圈下，畫引線至日曆邊沿，寫下「莊因生日」四小字。之所以會發生此等意想不到之事，可能僥倖夫人一旦瞥見，或許會萌惻隱之心，在該日晚餐平素三菜一湯的菜式下，出現一盤我所喜嗜的「糖醋排骨」。胸無大志，不圖什麼正規賀禮，如此而已。念頭既生，抽刀斷水的機會已經微乎其微了。數月後，我在生辰前夕因僥倖之心作祟，又去翻看日曆。一看之下，赫然發現早先在日曆邊沿寫下的「莊因生日」四個小字，經被塗去，而代之以「狗屁，無聊」另外四個紅字。至此，態勢已經十分明朗，潛伏在我內心深處的慶生癡夢，絕對需要澈底肅清了。我清清楚楚覺悟，酒蟹居中日月長，二老相依為命，其實每一天、每一分、每一秒，在下原都生活在「過壽」的欣快中。大福而不自知，蠢哉！

能在千變萬化、昌明神奇的今世完好存活，造化惠我，天天都身不由己與時騰飛躍進，早就是幸運的「新生兒」了。不是嗎？數月前讀報，看見一條消息，言說今人男女壽數較之一百年前平均添了三十歲。科學新文明催生延壽，連生物都可以複製，而不是問題，還說什麼「一日三秋」！造化變遷之巨之速，猗歟偉哉！生為今世之人，除了感受實質的存活幸福外，亦不免隱懷杞憂，因為光怪陸離的情事太多，要圖心安理得，談何容易！我的業師前臺大教授臺靜農先生生前，每有人問詢他的近況時，都會一再語重心長重複作答：「是的！是的！還活著，還活著。」真是一語道出了我內心的驚悚難言感受。

結婚以後，數十年的日積月累，我一直想到一個問題，為什麼一個人要引頸就戮自尋一條「結婚」的繩子把自己的自由之身捆綁起來？在文明的今日還有這樣的想法，知我的朋友都只有搖頭。不過，我還是對放棄自由失去「單身貴族」的美譽有一份失落感。婚姻既是文明人的訴求，而婚後卻又做出原本只有「單身貴族」方可享有的行為來，我就覺得極不可解甚至遺憾了。媒妁也罷，自由戀愛也罷，既已成婚，走入人生另一階段，就要有大丈夫能屈能伸的精神，信守以對婚配對方，不可辜負「一世夫妻」美名。在有限的空間中掌握一己「飄飄何所似，天地一沙鷗」的機會，方是懂得逍遙及達生的達人。我自己在當生命進入「古希」之境的那一年，寫下了一首〈天地一沙鷗〉的俚語長短句，是這樣：

七十古希今不希，耄耋滿街多如鯽。
冬去春來時序換，有幸重做小癩皮❶。
一言九鼎夫人好，緊跟密隨如膠漆。
老伴說啥不回嘴❷，道是大智若癡愚。
身段柔軟最相宜，好似迎風展大旗。
飛飛飛、低低低❸，顢頇小子定挨批。
老僧入定君莫笑❹，南北不通走東西❺。
婦唱夫隨齊眉樂，地久天長無盡期。
無盡期、不足奇，箇中道理萬人迷。
少豬牛、多吃雞，青菜豆腐黃花魚。
清心寡慾莫著急，一步一履上天梯。
流水席開通宵旦，細嚼慢嚥若春泥。
氣和神閑修福壽，保你活到一百一。

註釋：

❶臺灣政府要人張群（岳軍）先生有言：人生七十方始。

❷勿逞一時之快，兩敗俱傷。

❸展示長才。勿驕矜，切忌沾沾自喜。

❹此莊門獨家「順耳功」。老伴之言，無須盡信。凡屬不以為然者，靜聆勿語。一耳進，一耳出。

❺俗謂「條條大路通羅馬」。此路不通，自有他徑。

二〇一四年五月《文訊》雜誌

舊事新談

閱讀舊報紙，常常發現一時不察而漏眼遺珠的事。再度細覽，覺得有「披沙揀金」的驚喜。比方說，在今年二月十日的報紙上，有美聯社九日發自亞特蘭大的電訊，說「愈來愈多的專家咸信，美國邁向無菸的社會已指日可待了。政府衛生官員亦再度提出美國需要終結吸菸的理念」。目前，吸菸的癮君子們，在美國狂吸無度的「過癮」空間已大為受限。可是，由於菸草公司的龐大影響力，及不知悔改的癮君子的實際人數有增無減，所以這則新聞的標題只是「美衛生官員倡議進入無菸世代」，顯得有些無奈，而專家們對於一個「無菸國度」的實現的樂觀，也只能「咸信」美國邁向無菸社會的時機只是「逐漸成熟」而無確切自信何時「全然成熟」。所謂「全然成熟」，就是立法加以禁菸。雖然許多州都立法在公共場所剝奪了吸菸癮君子們的自由；聯邦政府也日益加強反菸運動；菸草公司在歷年來重大訴訟中連遭慘敗；零售業者拒絕幫兇出售香菸的人數越來越多……可惜仍無有明確的全國一致的國會立法戒菸，而「菸害」仍然漫生。

中國一向是世界上吸菸癮君子人數最多的國度。無獨有偶，中國人也是世界上最愛吃的民族，中國是世界上最重視吃的國家。你可以看見一個城市中有「食街」的設立；在一條商店林立的鬧區街上，必然會有三、五家賣吃的地方點綴其間。這不是誇大瞎說，是事實。

食、衣、住、行，民生四事中的「食」，受到如此突出的尊要，為什麼？以前，在乞丐滿街走的中國，很多年紀幼小的乞丐，赤身裸體，俗稱「要飯花子」，乞討吃食是他們的首要，無衣蔽體究竟次之；因為無食必死，無衣則尚可苟活。裸身乞丐，顯然是全然喪失「自尊」的人了。我在今年一月十六日的中文報紙《世界日報》的「世界論壇」版面上，看見有臺灣中研院院士、加州大學金山校區藥學院終身教授王正中先生〈讓我們尋回中國人的自尊〉一文，說：「個人自尊，使一個人有所為和有所不為，這是維持一個社會和諧穩定的基礎。」我每日讀報，發現幾乎每天都有中國或臺灣的不法之徒，專在「吃食」上打主意做出損人利己勾當的新聞。為什麼要這麼做？因為「吃」的普遍性太大了，在「吃」上牟利盈算，乃小事一樁，不必動大工程作業，謹憑小聰明而定然奏效。一日三餐，不論窮富，沒有什麼比「維持生命」還要重要的事了。所以，在「吃」上打如意算盤，置他人受害甚至喪生而不顧而不察，肯定是絕對的喪失自尊的行為。究其肇因，王正中教授說：「我們中國幾千年來的統治者們，用極權和人治的方法，來鞏固他們的寶座。他們最關心的，是防止別人篡位，從來沒有想維護百姓的人權。就拿社會中地位最高的讀書人來說罷，讀書不是為了求知，也不是為了研究學問，而是為了學而優則仕，去做皇帝的奴才。可是，一旦把皇帝惹怒了，會在大庭廣眾之中，被扒了褲子打屁股。或者推出午門斬首，在斬首之前，還要向皇帝磕頭，謝主隆恩。這樣的人，何來自尊？隨著自尊的喪失，貪鄙之心隨之而起。中國的官吏，很少不貪贓枉法，欺壓百姓的，遑論給百姓們任何尊重了。」王君的結論是：這樣的歷史傳統，讓我們逐漸變成一群沒有自尊的人，只知自私自利、投機取巧，對家族之外的人沒有愛心，對社會沒有責任感。十億以上人口的中國，只有一黨專政，不是嗎？外人對中國的批評，就是沒有真正重視人權的民主。而只有民主才是培養自尊的典則。

菸害，這是現在全世界公認的大問題。何時能夠讓生民享有無菸的自由空間固不可知，但是，當年我在臺灣讀書的時候，政府竟然設有「菸酒公賣局」的單位，公開牟利汙染人民健康，現在想來，太可笑了。這也可說明，人民的自尊喪失得太久了。幾乎每天都有在中國、在臺灣，發生不法之徒，在「吃」上造成社會公害的新聞報導。新聞界的這種良知良德的作為，我們尊重，更其感激。但是，與此同時，我們更樂見新聞界能在恢復人民失去自尊的大問題上，作出實際廣闊的報導宣說，促使我們深思力行。因為，人民沒有自尊，絕對沒有民主、健康、和真正繁榮的合理社會，這是肯定的！

（寄自加州）

二〇一四年五月二十二日美國《世界日報》

盛世之嬰

幼時（抗日戰爭前半期）讀書，便有一種刻苦銘心的經驗。生長在亂世，身為國家的「主人翁」，苟性命已屬難能，是不可以有任何自期的幸福的。書的紙張非常非常之薄弱糟軟，雖不真知意會「書中自有黃金屋」、「書中自有顏如玉」那樣的諺說，翻閱時，書頁的一角，往往很可能遭讀者雅賊不經心的毛手毛腳而被順手牽羊扯下，香消玉殞了。因為印書所用的紙張是「土法煉鋼」而得，極是粗糙稀鬆。造紙漿需用的材料諸如樹皮、竹莖、茅草一類，它們都一一呈現紙面，有時絲絲具現，有時血肉模糊。當混黏了黑色油墨的鉛字滾壓過紙面，字跡往往凸凹不平，失去穩重精準，變得七扭八歪，彷彿都會跳彈落地。初時，我甚且擔憂可能面對的幾可能是無字天書了。

那種讀書經驗，在書冊紙頁潤潔光整、鉛字排列如珍珠滾動的今日思之，怎能不發浩嘆。

我之所以提起陳年舊事，正是因為要表達生於盛世的感懷。所謂盛世，即謂繁榮與旺隆盛舒適的生活環境，英文謂之Flourishing Age是也。中國人言盛世總與「太平」牽連，意謂無有使民不聊生的天災人禍，百姓衣食無憂。天災難料難防，地震、火山、水患、饑荒、颱風颶風……到了科技昌盛的二十一世紀仍無由控管；而人禍最大的就是摧毀文明人性的戰爭了。如今言之，只要戰爭尚未擴大到漫及世界無一倖免的田地，庶幾乎也諒可以「太平」稱之。我在美利堅合眾國已生活了約半個世紀，上館子吃飯早非童年時期的夢想奢望；無須似少時騎著竹馬繞圈兜走，想望汽車會用四輪抬舉我天涯奔馳；不再豔羨穿絲戴綢只限帝王貴胄之家；山珍海味已經吃膩，只求青菜豆腐爽愜；遨遊四海隨時成行；可以在裝設了冷暖氣自宅中逍遙生活——吃、喝、讀、寫隨意，可以光屁股睡覺，可以罵人，可以好眠……這不都是盛世方有又復何求的麼？

可是，無論如何，對我的前半生而言，則斷非身處盛世。而我的孩子卻實然誕生在大盛世。至少，他沒有經受過文化大革命的洗禮；他沒穿過補釘上加補釘的衣服；他沒有對「吃」的任何毫無必要的慾求；他沒有遭到戰爭及於身心的痛苦；他沒有在政治恐怖下的惶恐；他沒有當過兵（即使是玩票式的預備軍官役也未服過）；他沒有三天兩頭遭受颱風地震的經驗；他沒有真正對「窮苦」的感受；他沒有在成長中被升學聯考教育所困惑所摧殘；他……肯定是天之驕子，生於盛世，成長於盛世。

美利堅合眾國當然不是十全十美的天堂。在比較上說，也許所謂的真正的太平盛世，不過是柏拉圖的理想國而已。但是，當今之世，如我兒之生於斯長於斯，美國是樂土，作為人父的我，焉能不為他慶幸！

然則，上月當盛世我兒攜妻帶女來家度假時，我見到了他方滿周歲的女兒，忽有體感，認為盛世之嬰才是真正的盛世之人。一個在美國的盛世成人，究竟還有被環境汙染折騰的另一面，而盛世之嬰則無。他（她）沉享於盛世的高度物質迷層裡。她的成長，沒有遭遇任何一點短缺的遺憾。她的面頰飽滿、細潤，如鮮美的蘋果，她的眼睛明亮篤實，沒有閃爍不安，她在爺爺家居的十天中，我沒有聽聞到一聲她不足意不適意的啼喚；她總是笑臉如旭日，芒披山谷江海。她的飲食，完全由其父母擷精提供而自選；她的休憩安眠得到父母百分之百的支持，也同時得到那時環境最大的配合；大人的言語聲沉寂了，當她醒來時，爺爺奶奶爸爸媽媽爭相關愛問好，還有兩個小時飛航行程之外她的裍姆的關愛；她要誰抱，她不要誰抱，十足自我掌握；她沒有父母在經濟上的愁思；她也沒有爺爺奶奶的故國文化壓抑；她沒有苦，不知苦為何物，而只有足意的生活實感。

盛世之嬰莊李安，這名字是她的母親給予的。李是母姓，原籍隴西西安，是華夏泱泱大唐的國都。而父親籍屬北京，曾為元、明、清三代國都，更是當代中國首都。挾東西首善之都的氣勢，莊家的這位盛世之嬰，雖非生在帝王之家，雖未降世華夏，但也可真的算是龍的傳人了。她的母親給她取的名字很好，安於盛世，棲遲域外而不忘本。西紀二〇〇七年七月七日，安安降世美利堅合眾國亞利桑那（Arizona）州，老懷大悅，即製〈安安曲〉為之慶生：

忽聞繞耳喇叭聲，達迪達迪迪達達。
九天仙女到莊家，小名安安祥瑞花。
二〇〇七七月七，定是人間新奇葩。
誠康欣喜得玉女，老叟開懷笑哈哈。
莊家自此萬事發，西施王嬙不足誇。

姑娘才慧傾城色，長虹一道映彩霞。
龍的傳人在天涯，仗劍江湖靚女俠。
不讓鬚眉英雄氣，十年河西就屬她。

安安，歡迎妳平平安安來到莊家，享受盛世的安和，安心安康安逸安身立命，安營此生！
生日快樂！

（寄自加州）
二○○八年十月九日美國《世界日報》

晚晴

今夏，老友學長鄭清茂教授自臺來信，稱說近期已完成日本古典文學名著作者松尾芭蕉先生十七世紀所著《奧之細道》一書之迻譯，刻交臺灣聯經出版公司出版，囑我為其譯本配圖插畫。此等工作，當由專業朋友充任，然師兄寵愛，既已降旨，不敢有違。

對於繪事，自幼受故宮文物長期薰染，及長，復因三弟莊喆從事繪畫藝術，經其介紹解說，對西方繪藝的流風淵源略有所悉；再加上我個人對中國近代水墨漫畫大家豐子愷先生的偏愛，無師指點，於有意無意間，竟也抓起毛筆，以童子舞耍大刀的蠻勇，而大膽揮灑起來了。臺灣純文學出版社當年為我出了一冊《莊因詩畫》(後經三民書局再版發行)，算是偶留指爪。而今天，人在古稀之年，因緣得與師兄名具一書，留傳後人，正乃向素所願。於是，便欣喜厚顏遵旨領命了。

清茂是我臺大中文系同門師兄。上世紀一九六〇年代，他在柏克萊加州大學執教的時候，我自澳（洲）遷美，任教於金山海灣南部的史丹福大學。當時尚未婚，人地生疏，客中寂寞難忍，便幾乎每個周末不請自至，開車去柏城會見一批臺大舊識而刻在加大攻讀的朋友，當然，就常去鄭府騷擾了。未料清茂師兄與秋鴻大嫂，非但全然不以為意，竟對我惻隱關愛，索性給了我這個不速之客一把家門鑰匙，著我進出自由。

每次在鄭府歇腳，最感舒爽也最令人產生安逸著迷的時光，當屬在晚飯之後，一壺清茶，秋鴻大嫂打開唱機，播放日本當時名歌星青江美奈及五木的如怨如慕、如泣如訴、稍嫌沙澀的歌曲；而清茂師兄於斯時燃上一根香菸，開始徐徐講述日本文學史及史上知名人物的古今掌故及軼事來。冬夜寒雨叩窗，秋鴻大嫂更會煮酒，供清談助興。在煙霧繚繞，酒意漫升，歌聲撫耳的氣氛下，似乎都可以聽見心潮滌盪，與太平洋上波濤洶湧拍叩的聲音了。蘇東坡在〈前赤壁賦〉中有「白露橫江，水光接天。縱一葦之所如，凌萬頃之茫然。浩浩乎如馮虛御風而不知其所止；飄飄乎如遺世獨立，羽化而登仙」之句，當時我的感受正復如此。家國兩忘，寂寞全消。

這都是四十餘年前壯年期的往事記憶了。

一九七〇年代上半期，我完婚。在加大攻讀的那一批舊識友好，於學成後星散各奔西東，清茂師兄終也轉往東岸教學。那時，他每自麻州返臺，來去都道經金山，且也多在酒蟹居小事盤桓數日。晚飯後，入夜人靜，燈下清茶一壺一似當年，師兄雖已戒菸，然則清雅依舊，談說亦依舊。所不同於當年柏城之時者，是他髮已轉白，且隨流光漸然脫落。歲月悠悠，看來卻益發清潤、雍泰、安和了。

一九九六年，花甲之期的師兄，自麻州大學提前退休，接聘臺灣花蓮東華大學，攜妻返臺定居。七年後，他正式告老，離杏壇而棲隱桃園。畢生清淡雅和的他，此時意定神閑，和枯淡而安寂寞，在家讀書養生，晚境予人越發清而茂之感。遊樂沉浸於滿室私藏中、日文書庫中，俳諧風雅，怡然自得。時推日累，終於完成了《奧之細道》一書的迻譯。

松尾芭蕉氏此書，為作者奧羽北路行腳記遊。俳文精簡古雅。此書之一般中譯，若非有蘊深厚豐的日文基礎、浸鍊的中國舊學給養，以及個人的清品茂才及淡雅有約的生活風格，恐怕是難於掌控得恰如其分的。《奧之細道》一書，雖早有鄭民欽等人譯本，但皆不及師兄今譯之完備詳實。清茂師兄之譯本，最可貴者，是他掰開揉碎，再為重新組合之大手筆，沒有十分的功力絕難臻成。他的譯本，我擇要引說推介如下：

一、譯注、評釋、及專著參考文獻，多達九種以上。

二、主要參考文獻，凡屬作者松尾芭蕉本人之作品，以及相關之研究，多達十三種。

三、鄭清茂譯本中注譯部分所引用之和歌、漢詩、故實之類，為數浩繁。但譯者均在相關注解中一一明示出處。

四、師兄譯本所具文本，以尾形仂氏之《おくのほそ道評釋》一書為本。蓋尾形仂氏之評釋本，於口譯、語譯及解說諸方面，最稱詳盡。

五、書後附有芭蕉先生年表，以及他的奧之細道旅程全圖。

有前述如此完備條件充任譯者，師兄自是前無古人，無所多讓了。對喜好日本文學的人士來說，實在是他們的大福善緣。而譯者掌握文字的功力段數，譯筆的清、雅、淡、和，我相信讀者於讀後必會同意我之所言非子虛。

清茂、秋鴻兄嫂，是我的長年摯友。他們情篤深而意縈瑩，相愛相投而不寵膩。如今大隱於桃園，我似乎在隔海之此岸，都可以清楚遙見二人牽手、默然無語、並肩徜徉在「英英白雲，露彼菅茅」的晚晴秋野。不，那簡直就是漫步在奧之細道上的一雙人間仙侶。

（寄自加州）

二〇一〇年美國《世界日報》

食藝與食德

翻閱舊報紙，赫然發現漏看的舊聞一則，新聞標題是：「吃蟑螂大賽，冠軍嘔吐暴斃」。內容言說佛羅里達州一名喚作 Edward Archbold 的三十二歲青年男子，參加由一家專賣爬蟲的商店所主辦的一項「吃蟑螂大賽」，在吞下了十隻蟑螂及其他蠕蟲的數分鐘後，雖稱勇奪冠軍且獲得大獎價值美金八百五十元的巨蟒一條，竟嘔吐不止，一命嗚呼。

讀罷新聞，感懷久久不能平息。短短人生，原就當珍惜，瀟瀟灑灑走它一回，竟如此草草了結，夫復何言。按死者名姓與義，似可譯為「艾德華．頭號冒失鬼」。憑其愚勇及泰山石（食）敢當的大無畏精神，以身相殉，這樣的留名千古，雖說名實相副，畢竟令人莞爾。岳飛詞〈滿江紅〉中有兩句：「壯志飢餐胡虜肉，笑談渴飲匈奴血」，只不過是對於極度的愛國情操的描摹與表達，並非真實。二者的「壯懷」是不一樣的。

在美國，英雄主義與標新立異似乎是大眾熱烈崇仰的一種時尚。起初，在一定程度上，它也許具有振奮人心、不畏艱困的勵志作用。但是，繼續不斷發展，與時俱進的結果，其原有的「大我」精神，似乎已漸然被「小我」蠶食掉了，顯露出走火入魔的趨勢。電視上常有「吃熱狗大賽」的播出，但見一群所謂的英雄人物，帶著大丈夫的勇氣與決心，在有限的時間內，僅憑一杯涼水，楞頭楞腦狼吞虎嚥吞食數十個熱狗，面無懼色。創紀錄的冠軍，其雙臂高舉、其躊躇滿志、其傲視四方、其耀祖榮宗之意態，看了令人啼笑皆非。

吃，自人類發明了鑽木取火前的茹毛飲血、生吞活剝、狼吞虎嚥的蠻荒年代，經過文明洗禮，早就進步到是種生活的藝術了。所以，現代人的吃的舉止，不宜停留在初民階段，而必須符合「現代」的尺度，也必須受到「文化」的約束。食材的選擇，自有其公認的標準。蟑螂，那只是雞所食用的昆蟲，人吃雞，不吃蟑螂。比賽吞食熱狗，雖云稍嫌魯莽，尚說得過去。而比賽吞食蟑螂，就難免有離譜之譏了。前面提到的那則新聞，引述了加州大學昆蟲學教授亞當斯先生的談話，他說「除非蟑螂感染了細菌、或帶有病原體，食用蟑螂當屬安全無虞」，這等於強調食用蟑螂的可行性。美國人動輒談說科學，不過拿「吃」來說，以現代人的認識，吃是吃「藝術」，並不是吃「科學」。

如上所說，「吃」既已進展到了文明時代的「藝術」的境界，理應不再故步於口體上的需求，而應該稍微講求文明尺度的「雅」與「約」了。大碗飲酒、大塊吃肉，那樣綠林英雄、梁山好漢的豪俠作風，不宜用作我們效尤的對象了。

我想，現代人之於吃，可以分成「內」與「外」兩方面來加以解說。前者是指在家進食，後者則指在外進食。因為現代生活已經多元化了，生活素質的提升，社會生活的需求，在外進食，已是平常現象。在家宅進食，可以不計所食何物，可以不顧以何種方式進行，也不必細究是否藝術。因為隱私權的自由度，得到充分保障。只要防範得宜，即使力行天體主義理念，在家一絲不掛進食，也無人過問，法律也不會干涉。喝湯吃麵出聲、嚼咬有節有拍、呲牙咧嘴，都悉聽尊便。可是，在外進食，若是如此這般，就要受到文明的檢驗及他人的另眼相看了。總之，吃的多元，已經演變成一種社交行為後，現代的文明人已不容忽視了。文明與國際交流同進，國家也好，社會也罷，不可以再關起門過日子了。

中國人是重視吃的民族。一說到吃，似乎什麼都可以不計，環境不重要，衛生不要緊，價錢不在乎，只要菜好，飯店必然高朋滿座，生意鼎盛。中國人也是在公共場合最能表現個人自由的民族。上世紀的七〇、八〇年代，常見有來自中國大陸西裝革履的觀光客，竟蹲在地上吸菸、吐痰、大聲喧譁者。在我的童少期，成人男士公然站立牆邊隨地小解，嗑瓜子吃花生隨地吐殼剝皮，都司空見慣。現在時序已經進入二十一世紀了，這樣的陋習，不容再似柳絮飛揚，散落海外了。然則，我在中國飯館用餐，居然親眼看見有下面這類情事的發生：

一次，有中國人食客，點叫了一份「走油蹄膀」。店家端出的卻是一塊但存精瘦肉去了肥皮的蹄膀。於是客人的聲量明顯提高了，以尖酸刻薄的語氣道：「這叫蹄膀？沒皮沒肥，是不是你們自己留下來享用，而賣給客人的就是一塊石頭？」服務員立時和顏悅色聲稱：「我們的菜單上寫明了是『走油蹄膀』，皮跟肥我們切除掉，是考慮顧客的健康，不是留下自家食用。您要不要嘗嘗我們的蹄膀？」這時，一桌食客中的一人杏眼圓瞪了，大聲發話了：「強辭奪理。這真是見所未見，聞所未聞。算了！算了！」於是眾人離席而去。

另一次的場面是這樣：飯店中有食客發現點叫的菜中有蟑螂屍體，於是傳喚店家前去。服務員立時致歉，聲稱再換一盤菜，並連連請求原諒。殊知就在一髮千鈞的時候，女店東突然離開收銀企檯，衝了過去，雙手插腰，不屑道：「慢著！我們的廚房裡從未有過蟑螂，更沒有老鼠、蒼蠅、蚊子。誰敢說這不是你們自帶的死蟑螂，拿來跟我們開玩笑？」食客聞說，氣得發抖，說：「太可笑了。吃出死蟑螂，你們非但不認帳，還說是我們自己拿來的跟你開玩笑，簡直莫名其妙！」

作為前述兩則小插曲的見證人，我的感想是：其一，食客絕不可自私到也沒有權力要求店家供應的菜餚一定要達到個人的滿意度。菜色不佳或不合口胃，最多興嘆自認倒楣，但不應惡言相向。其二，店家的廚師不是食客自家的大廚；餐館的營業對象也並非只限華人，食客要有清楚的認識。其三，人在西方社會，行為舉止，務必符合當地文化，不得無禮。這一點雅量應該具有。其四，對做生意的人來說，西方人「顧客至上」的理念，應該知道，不得造次。其五，對於吃，買賣雙方，都需要有一定程度上有關「吃的藝術」的修養，知道「食品」、「食德」的重要。

讀報，是我的每日功課。在中文報紙上，據我粗略統計，大約每三、五日便有一則有關「吃」的新聞。內容大都是不法中國商人在食品上動手腳，造成損人利己的案例。

在海外異鄉居住了將近半個世紀，似尚未見聞洋人不法牟利遂動腦筋以食品為器而略施小計者。他們的詐財哲學是，既然動機非法，索性出之於大手筆作為，不搞中國人的這種小把戲。比方說，我在二〇一二年九月二十七日的中文報紙上，就看見這樣的標題為「東莞黑廠翻新霉月餅，高價再賣」的報導。言說東莞奸商以廉價收購去年賣剩的過期月餅，回爐翻新，精緻包裝了（假冒名牌）出售。執法部門查出現場製作月餅的環境十分惡劣：地上堆滿了發霉的蛋黃，麵粉發臭，翻新月餅需用的食油中，漂浮著死蟑螂及死老鼠。翻新後的黑心月餅以名牌月餅餅盒裝售，每枚賣價是原品的八倍。

國人嗜吃，且常吃得無奇不有。奸商歹徒於是抓住了這樣的「弱點」，上下其手，輕而易舉耍點小聰明便謀利得逞了。所謂「無奇不有」，諸如胎死蛋殼中的雞蛋、熊掌、田雞（蛙）、燕窩……。魚翅也是其中之一，近年來，立法禁售魚翅一案在加州的立法機關鬧得甚囂塵上。提案立法者的理由是，取得魚翅的過程極不人道，因漁夫捕鯊後，僅取其鰭，割下之後隨手拋棄大海。於是乎成了環保人士及愛護動物人士大力支持立案的原因。法案最後獲得通過，中國人嗜吃魚翅的豪情受到了挫傷。我只想說：不吃魚翅會食不下嚥麼？自己不知悔悟，放不下屠刀，被人封了嘴，要成佛恐怕也難了。

中國人，無論移民域外也好，漂流異邦也罷，棲居新土，就是當地人中的少數。不要一味緊抓住中華禮俗來當擋箭牌，而要「日日新，苟日新」，不斷融入，大處著眼。吃，這是一個人一年三百六十五天每天必然進行的事。因此，優秀的炎黃子孫，請在吃之一事上，好好下點工夫，把有關吃的問題逐一加以釐清，重新認識。只有這樣，方能將吃的藝術發揚光大。

（寄自加州）

二〇一三年一月二十九日美國《世界日報》

無字天書

內親今春赴德州旅遊。歸來時，贈我於該地採購之小書一冊，長七吋寬五吋半平裝開本。封面有前任美國總統喬治・布希氏肖像。書名《白宮一得》(*Everything I Learned in the White House*)。翻看時，竟是一百二十八頁白紙，未有任何文字及標點符號。於是恍然大悟，拍案叫絕，噫！妙哉，妙哉。此書的設計人，顯然認為布希先生入主白宮整整八年，卻交了白卷，一事無成。再急著細看封面上著者大名，正是喬治・布希。絕了。

書的封面布希氏肖像之下，還印有一行小字，明言「一位偉大領袖的傳世之寶」。而封底則是布希先生的另一玉照。照中人物，斜肩噺然而笑，一副丑角小癩皮嘴臉。不僅如此，在玉照上方也印有說明文字：「我們的三軍統帥心無隱私」(The Commander in Chief Reveals Everything That's on His Mind)。真是好一本空空如也的布希自述！絕透！

斯人不朽矣。

洋人具有幽默感，一向較之國人為高為強。要是在中國的坊間，忽然出現了這麼樣的一本無字天書，定屬大逆弗道。出版者肯定會被抓進牢裡去，而已外流之書冊也必遭封查，以收政府堅壁清野之效。

這本無字天書，諷喻了布希先生的八年白宮執政是一無建樹。布希氏的前任總統柯林頓先生，雖也同樣在白宮住了八年，且鬧出了與年輕女秘書的「白宮做愛」事件。然則，柯氏並未遭到諷喻。美國人一向公私分明，於公而言，老美對柯氏執政一般仍給予肯定。私不及公。雖然柯氏選擇的做愛場合似有未妥，可是，因係私事，還是寬諒了這位花花總統大人。柯氏任內，民生富足，美國的國際「牛耳」地位迄未動搖，非無因也。所以，柯氏仍得以全身而退。在我看來，大約還有一個原因，那就是他的觀面，確實比布希先生「中看」多多。柯氏的儀容，至少為美國撐住了面子。我不是以貌取人，只是因為每在電視螢光幕上所見布希先生在白宮草坪上行走登機，其穿著以堂堂美利堅合眾國的總統身分而論，實在簡陋，且行走時兩臂搖擺過度，不夠昂挺（至少應有共和黨的前任總統先生雷根氏的儀表）。要是他戴上了頂牛仔帽，還真是典型的德州牛仔不二人選。這樣的一位牛仔，作為維繫世界和平以美國為盟主國的總統，又身兼三軍統帥要職，我只有看來「了不似」的感覺。我有一位美國學生就感慨地對我說：「美國人怎麼會把這小子選出來當總統，我真不懂。太可笑了。太丟人了。」

布希總統任內的最後一年，全國民調顯示人民對他的支持與信任度只有百分之十七，少得可憐。是此，這一本無字天書之印刷發行，且售在他的老家德克薩斯州（書的封面上註明了 parody 一字，意為「諷刺性模仿眾所周知的文學作品」，可謂自曝於世，遺臭萬年），也可說明老百姓肚裡對他們的總統大人的不滿意度。以「無需多言」來作無言抗議，或比「乏善可陳」更直截了當。

至於布希先生丟人與否，此處不作評論。對這本無字天書的發行，我只有一點稍感遺憾之處。因為，出書的主意很高明，封面設計頗好，書名及封面封底的配套文字也不差；但是，為什麼僅胡亂用了一百二十八頁空白紙張，而非二千九百二十頁空白紙？布希白宮八年，按照一年三百六十五天的計算方式，那就是二千九百二十天，豈不是可以更有實際意義地將其任內空負了每二十四小時一整天的精采意涵、「盡在不言中」地一語道出了麼？我更有建議：此書若能再版，何妨另以「白宮日記」為書名，把原有書名易為子題，這應該是更好的賣點，也更有「巨著」分量。

這本無字天書，如果同樣也做了八年總統，現在退職後蹲在看守所內的前臺灣總統陳水扁先生見了，不知會有什麼想法。陳氏卸任後，被移至看守所前，曾被代表法律的手銬銬上了雙手。我在電視上看見他竟然高舉雙手，以示抗議。展示了給國人及天下人士自己曾是法律人（律師）而竟公開侮辱法律的行徑，真是痛心疾首。而且，在看守所內，陳氏尚不停著述，把原本也應出版一冊無字天書的良機也失掉，而代之以無聊的黑字塗滿了白紙的空白，真是太沒有一丁點的幽默感和自嘲感了。唉！

無字天書的作者喬治・布希，雖然只是一個小牛仔、小丑角，但至少他尚無把白宮當作其藏汙納垢、貪瀆的倉庫。只是不知上天真是與他有什麼過節，布希氏雖每月每星期去教堂做禮拜，最後還是被上帝把他的小丑模樣譜入了美國國史。這也許是一種不幸。人生的事，難以逆料的何其多，這本無字天書，若從另一個角度來看，也算得上是為他保住了一定程度的道德清白吧！

（寄自加州）

二〇〇九年九月三日美國《世界日報》

漂泊的兒童

我們稱說的「浪子」，自來都係貶意，或言奢侈浪費揮霍，俗稱揮金如土的「敗家子」，或謂游手好閒，四處漂蕩混日子的人。混到游手好閒，四處漂蕩，潦倒度日，之所以被目為敗家之子，都是因為祖上功名利祿太過豐盛，於是坐吃山空，最後流落街頭，乞討生活而遭人鄙視。英文有 Prodigal 及 Loafer 二字，大皆指此。然則，我在此處所言「浪子」，顧名思義，倒是真的是指流浪街頭 (roam the streets) 四處漂泊討生活 (lead avagrant life) 的兒童 (children) 而言。

我不是善於標新立異，更非喜好譁眾取寵之人，而係每見事態之衍生，從而基於義心，提出訴說罷了。此處所言「浪子」，乃是因為讀了去年十一月的中文報紙，見有一幅美聯社的新聞圖片，於是引發了「不忍人之心」，借用中文俗稱「浪子」一詞以便訴說個人感想。新聞圖片所示，是一對中國安徽省姚姓的兄妹青少，在省會合肥的街頭赤了上身表演滾釘板雜耍，賺取微薄的生活費用的街景。新聞的正題是「寒天睡釘床，小兄妹合肥街頭自殘謀生」，副題是「大水沖垮家園，不想拖累姥姥，模仿雜耍賺生活費，十四歲姚朋十歲亞卉好想爸媽」。

這樣的圖與文，彷彿是閱讀中國近代歷史教科書。當年兵荒馬亂、民不聊生、饑旱天災、生靈塗炭的景象又現眼前。而現在卻是中國在改革開放後，經濟炫世，科技突飛猛進，形勢一片大好的時候。六十年前戰亂中的非常景象竟又時空交錯重疊，似真似幻，暴露於社會，簡直令人不能置信。當年硝煙瀰漫，人民流離失所，面黃肌瘦、衣不蔽體的兒童四處沿街乞討，一似豬狗。半世紀多的當年景象，至今猶深留腦海。我是中國近代史上真正的貧困見證人，也是萬千在殘敗大時代中成長的兒童中的一個。俱往矣，為什麼我尚須重新再做一次見證人？時隔半世紀了，中國也經受了地動山搖的巨變，而在一個口口聲聲「人民」當家做主的新社會裡，這般令人心悸的景象，為何又在我棲遲海外的老境重新感受少年時代的痛苦？真是百思不得其解。

中國第二窮省

據說，安徽省是中國當前排名第二的窮省（第一窮困省分是寧夏）。在歷史上，安徽省也是出了一大批頭角崢嶸的人物，如青天大老爺包拯、李鴻章、胡適（之），以及當今中國國家主席胡錦濤的省分呀！而就在改革開放的十餘年後，似錦江山穩步蛻變，社會邁向小康，經濟日臻富強的今天，在秋陽滿地的合肥市街頭，居然有青少兄妹赤了上身沿街表演滾釘板以謀生的慘象，真讓我的熱淚直往心裡流淌。在歷史長久的途程上，中國人一朝一代，不知有多少人早就活生生地滾過釘板無度，一身鮮血的走到二十一世紀了，怎麼這般慘烈的實情實景又再暴於人前？且讓我們來看看配合這幀圖片的新聞文字：

「安徽省一對兄妹，因為家境不好，父母外出打工竟失去聯繫，於是流落街頭，模仿一些功夫雜耍賺取微薄的生活費。雖然時序已進入冬天，但在安徽的街頭，還可以看見兄妹倆光著上身，在寒風中表演雜耍。其中一項就是妹妹躺在釘滿了兩寸鐵釘的木板上，讓哥哥踩在身上。過往路人都因看著不忍心，紛紛同情地給他們一些零錢。……哥哥姚朋（十四歲）小學五年級後就沒再唸書，妹妹亞卉（十歲）只讀書到小學三年級。他們來自臨泉縣，今年因為一場大水沖垮了家園，父母將他們送到了姥姥家，自己到外地去打工。姥姥家中環境也不好，兄妹二人成了姥姥的累贅。於是二人於兩個月之前，偷偷溜出在外流浪。姚朋說，在外流浪非常辛苦。他們一不去偷，二不去搶，為了生活，只好模仿一些街頭功夫的雜耍表演。不過他們沒練過功夫，妹妹亞卉剛開始躺在釘板上時，椎心的刺痛讓她哇哇大哭。但現在已麻木，幼嫩的背上早已結滿斑斑點點的傷疤。妹妹躺在釘板上時，姚朋表演用身體掙斷繞在身上的鐵絲，他的身上也已被鐵絲勒出了一道道的血印。兩人一天要表演二十來場，晚上則找個避風處相擁而眠。他們表示非常想家，卻是一直聯繫不上父母，只好繼續在街頭流浪討生活。」這就是二十一世紀西元二〇〇三年十一月在中國大陸安徽省的所見。

那麼，前此的安徽省在解放後的情況又當如何？

七年前，我的一個史大華僑學生唐君赴南京大學留學，有一次到安徽省的蕪湖和安慶去旅行，在那裡他見到了丐幫成群。他對我是這樣的形容：「中國武俠小說中有『丐幫』一詞，我原來以為那只是寫小說的人的誇大形容。但是，我這次在大陸親眼所見，才知道這是真的。小說中的丐幫也許有時還功夫高強，但是，我所見的丐幫一堆堆在街上、在碼頭、在車站，太可怕了。他們沒有功夫，他們沒有知識，他們沒有能力，他們甚至也沒有用語言表達的能力。但是，他們是人，他們要吃、要穿、要生活。他們沒有生活，因為生活絕對不只是吃穿。生活要有希望。我在他們的眼神中、臉上看不見希望。希望是一種勇敢而泰然的自信、一種鎮定。他們沒有。」

丐幫幫主來了

這一段引述，見於我在一九九六年七月十九日發表於《中國時報．人間副刊》上的〈人啊！人！〉一文。該文所有引用唐君的話，都根據他返美後訪見我時的據實報導。文中其實還有唐君身在蕪湖車站親眼目睹的一則小插曲：「我們一共三個人，到了蕪湖車站。我餓了，於是我們就走到車站附近的一個路邊街攤吃麵。坐在我右邊的是一位中國太太，帶著一位五、六歲大的孩子。他們要了一碗麵，一碟滷肉，一碟泡菜。吃了兩口，孩子稱說要小便，於是那位太太就帶著小孩去廁所。就在他們離開的瞬間，環伺在麵攤四圍的七、八個丐幫便一擁而上，把桌上吃的東西搶去分吃了。幾分鐘後，那位太太帶著孩子回座，什麼也沒有了。……這是我從來沒有的經驗，太真實了，真實得令我目瞪口呆，真實得令我打哆嗦，真實得令我心痛。」

我的童稚期正逢對日抗戰。背井離鄉，隨父母四處流亡逃難，我見過丐幫，因為太多了，無處不在。他們的形象，我至今過目不忘。但是，我從未見過丐幫在光天化日下公然搶食的事。而今棲遲天涯，深覺「浪子」、「乞丐」這樣的名詞，早該埋藏在歷史中，而不期竟又躍然於報紙之上，且有圖片佐證，舊詞形象一再翻新，令人仰天嘆息。

已經是二十一世紀了，新世紀的中國人難道還要背負著「浪子」、「乞丐」這等令人蒙羞的名詞嗎？據說，安徽省省長率領隨員赴北京人民大會堂參加大會，一到場，有人在暗處明處飛語道：「丐幫幫主來了！」不論是真抑假，那樣的譏訕一定比芒刺在身還要難受。

二〇〇四年六月八日《中國時報》

配件

抽菸，是生活中許多人的一種行為習慣。也許為了要將淡巴菰吸入體內，求取抗激、消遣、解乏舒困，更為了方便，遂有「火柴」之發明，進而有了打火機。為了叼在口中的菸捲不致與嘴唇上的吐液因接觸產生化學反應，以及產生黏滯疲軟的不快影響，於是在菸捲頭端裝上了硬性的化學菸嘴，以便叼銜；為了可以將菸捲置放在精緻的筒狀菸嘴中，以供貴婦把玩於纖纖玉指之下，口銜於紅唇之間用增媚力及酷俏形象，這樣的「配件」，就囂張地自增身價，把「配件」可以發揮的作用，陡然提升到另外一種高度去了。

言其為「配件」，意指可有可無，並未付與它自尊自大的氣勢於先。但是，現代生活的多面多樣化，卻也給予了配件以無孔不入的良機。其生產過程與應用，不但以方便為主軸作用，而更或多或少具備了譁眾取寵的姿態。比方說，在現時生活中，有一種供人作自我推銷，不甘寂寞的「配件」東西，叫做「名片」。許多喜好自我介紹的人，以各體燙金字在上面烙下了洋洋灑灑疊床架屋頭銜經歷，從大學的學士、碩士、博士學位，一直累進到××長、教授、董事、顧問、理事、代表、特級編審……把尊姓大名都擠壓得忍氣吞聲、呼吸困難、抬不起頭來了。飲食為例，有所謂「頭抬」一項，在餐館中這等「配件」，諸如「十錦大拼盤」、「春捲」、「南翔小籠湯包」……等，原屬朵頤大快之外的小東西，可有可無，結果都各領風騷了，從並非需要變成不可或缺的顯示排場、誠意、氣勢的先頭部隊了。為女士們爭取絕代風華美豔的化妝作用，令男士們產生「令無數英雄竟折腰」的許多「配件」，諸如胭脂、香粉、唇膏、香水、假睫毛、護膚潤液、指甲油、耳環、項鍊、如蔥段般的高跟皮鞋鞋跟……更似乎已自配件前進到主體了。試想，一位現代女性（尤其身段嬝娜、具有「回眸一笑百媚生，六宮粉黛無顏色」的容貌），姑無論其行業職稱，倘若長髮不燙，唇無膏油，素面蒼白，足上沒有穿著如細蔥般高跟的皮鞋，還夠看嗎？

「配件」的作用，擴而大之，由個人進入家庭，更可見出其豐功偉業了。在一個所謂的現代家庭中，一般用品設施，少不了電燈、電鍋、無線電、電視、電腦、電話、電爐、電冰箱、電鈴、洗衣機、烘乾機、吸塵器、溫度計、自來水、垃圾筒……等等物件。這都是生活的配件。即使出無車，無有冷暖氣，若是缺少了上述之任何一項，則所謂現代家庭的「現代」二字招牌當被摘去，落入至少中古的歷史中去了。

我幼小時，沒有吮咂奶瓶的機緣。當時社會上的知識分子現代婦女，婚後產子，不需自己拋下工作，人前解衣哺乳，可以請僱用的奶媽代勞。猶記抗戰時期在小學讀書時，親見許多年輕女老師身穿青藍色陰丹士林旗袍，胸前常有兩塊水漬，未悉緣故。現在知道，這就是缺少「奶瓶」配件而時序已進入「現代」的無奈了。當年的一般婚後婦女大眾，臨街而坐，懷中抱了幼兒，人前解衣哺乳的現象，今時可能認為不可思議；然則在今日的現代化社會，奶瓶子這樣的配件，把異常的景象勾繪得十分文明了。如此看來，「配件」是與時尚及需要順應潮流跟進的，造福人類，正是其彰彰傲人之處。就以與奶瓶同屬一類的嬰兒配件，在我三十餘年前初為人父時，就有奶嘴子 (pacifier)、嬰兒活動玩樂圍欄 (play pen)、紙尿布、奶瓶、瓶裝嬰兒固體食品、小毛氈、玩具、嬰兒用汽車安全座椅、推車……等等配件，真是琳瑯滿目。裝上了車外出時，一似搬家一樣。

話雖如此，心中倒是對這等現代配件肅然起敬，自奉為「恩公」的。配件不僅造福了黃口嬰兒，對於成人，像眼鏡、假牙、手錶、助聽器、手套、刮鬍刀、成人用尿布、行動電話手機……也都可謂獲益匪淺。嬰兒期及少壯期的人，配件真是令他們風光無限，享受十分。到了老年晚境，身體疲弱之後，也更需要「配件」的幫襯了。我自步入古稀之年，馬齒徒增以來，除了維他命那樣的保健強身配件以外，對於可能突發的症狀具有預防作用，經醫生大人開列的配件藥品，越來越多，已達五種。其大小、形狀、顏色各自不同，作用功能亦互異，大別為降血壓、降血糖、減輕鹽分、控制膽固醇等。最近遵醫囑，又多加了八十一毫克的阿斯匹靈粉紅色藥片一種，是為預防避免心臟突發症狀而規勸開列者。從前，對於經年吃中藥延年保身的人，我們常識之為「藥罐子」，而今則身攜盛裝了配件藥品的精緻小塑料盒，東西南北江湖行走，配件也者，端的是再生父母，天涯浪跡而無憂矣。

科學日倡，「複製品」的出現，已經從無生命的「東西」，進而為活生生有血有肉的動物了。習見習知的家畜不說，我看「複製人」遲早有一天也會跑出來公然在人前拋頭露面的。真的到了那一天，石破天驚也罷，泣鬼神也罷，人人可以有個一模一樣的替身，那作姦犯科的人可要樂歪了嘴，笑逐顏開，上香行禮膜拜了。即使是為民除害殺秦王的荊軻重生，在他仗義動手之前，恐怕眼明手快膽大還不夠，應該具備過人的高度判斷力才是。

淺說「精誠不散」

明代大劇作家洪昇在他的傳世之作《長生殿》中，對唐明皇與楊玉環的至死不渝大愛，在該劇的第一齣〈傳概〉第一曲〈滿江紅〉中這樣說：

今古情場，問誰個真心到底？但果有精誠不散，終成連理。

洪昇先生可能是中國歷來戲劇裡第一個提出「精誠不散」的擲地有聲、驚心動魄的描寫，來說明人與人之間的誠愛可敬可泣的人。關於「精誠不散」的解釋，中央研究院中國文哲研究所研究員王瓊玲女士，在其《明清傳奇名作人物刻畫之藝術性》（中華民國中山學術文化基金會中山文庫・人文系列）大著中說得好：

「精誠不散」不僅是提起不放，因提起不放，性為情移，仍是會轉。若明皇貴妃在富貴中，何嘗不愛？然愛即生欲，欲多則流，何以區別愛之與欲？必待生死一番，浮緣都盡，乃使見出我心中依然有此愛不變，此方是「精誠不散」之處。

「生死一番，浮緣都盡」，真的是刻骨銘心，也就是俗話所謂「愛得死去活來」的意思了。我們也說「地老天荒」，時下可能都被認為是「極可笑」的迂腐。時下的男女之愛，尤其是青年男女之愛，「精誠」二字，一般說來，都是非常「不實際」的要求。說得再露骨一些，也許就是「愛欲不分」，甚至「但欲不愛」了。時人特重「現實」，對於「精神」，咸認大可不必。「男歡女愛」就是最好的說明。實際，今之少男少女談情說愛，我總認為他們兩造之間已不預留任何「空間」，就因為「空間」是最虛縹不可掌握的。

除了男女之愛以外，在別的領域，兩造之間的關係，基本上也是現實第一，無須特別講求「精誠」，如欲「精誠不散」，則更是愚不可及。在商場上，經人提拔一展長才，被提拔的人也許並不認為這點「知遇之恩」便應該永誌不忘，感恩無已。一朝羽翼豐盛，揮手自茲去，不跟恩人老闆打對臺，已經是很「夠意思」了。在政治上更其明顯，因緣際會，識時務者為俊傑，昨天還是甲黨中堅，次日可能就換黨易職，對甲黨痛撻了。

人生如戲，戲如人生。戲劇乃是人生的縮影，真真假假，假假真真，能引發我們的認同或評謗。我看過的戲劇不多，中外兼有，但是，在有限的劇目中，如今思之，都能予我「感同身受」的印象。而這種印象之強烈，彷彿無限長遠的陽光江流，令我每一思之，則身如處幻歷化，久久不能相忘。

我在童年時期看過的京戲《紅鬃烈馬》，描寫薛平貴王寶釧的愛，在〈回窯〉那一齣，至今仍令我動容。十八年的離散，苦守寒窯的王寶釧，在見到了朝思暮念的郎君薛平貴之後，還要忍受不計薛郎的調侃，為的什麼？其所彰顯的又是什麼？不就是「精誠不散」麼？我們不必對薛平貴這薄情郎加以「欣賞」，也不必對其「深惡痛絕」，我們應該把焦點放在薛王之間的精誠之愛上。我說不必對薛平貴「深惡痛絕」，就因為他實在還是深愛著寶釧的人，否則的話，在西涼界身為駙馬，也犯不上讓番邦公主「四猜」之後盜令箭回寒窯了。我們也不必笑王寶釧的愚蠢活該，因為只要我們以「精誠」二字來衡理量情，就會覺得她是一個極為難得的貞潔至愛的女人。

羅密歐與茱麗葉，梁山伯與祝英臺，都是《長生殿》以外「精誠」之愛的大劇作。

白居易在其膾炙人口的古詩〈長恨歌〉中描寫唐明皇與楊玉環的至死不渝大愛的最後兩句「天長地久有時盡，此恨綿綿無絕期」，最使人感動，也即是「精誠」之愛的最佳註腳吧。

二〇〇三年七月《臺灣戲專學刊》

什錦果盤

朋友贈我自家園中培栽的柿子多粒，共兩類：一為隱見四瓣的扁方圓形，一為高帽饅頭形。

我喜愛柿子的顏色及樣貌：紅紅、潤潤、豐滿。於成熟時，不似一般水果大多躲隱在密藏的葉叢裡，而是粒粒飽和堅挺，兀立高掛枝頭。托了白雲，襯在藍天，抖擻搶盡風情，美極了。在歷史的國畫領域裡，似尚無名家畫過柿。一直到了近代，我才在齊白石大師的繪畫中見到。白石老人的中國情十分真實豐厚，也樸拙。用筆蒼勁，畫面俐落，構圖獨到，簡潔之中透出情趣，畫上往往題有數字，予人無窮韻味，被稱一代大家，絕非虛言。

美國人是不吃柿子的。對一般人而言，也許實不知柿為何物。我在加州，見過在庭院中植了柿樹的人家，於柿子成熟時，並不擷取，任由果實無奈墜落院中牆外，黏爛破敗和了泥塵，面目全非。我在前面所說的柿子成熟時的美好景觀，全然被糟蹋了。

還有一種水果，市上少見售賣，但在美國人的家宅院中也偶見植種者，那就是枇杷。物主對枇杷的態度一似之於柿子，任其自生自滅，極少食用。枇杷成熟時，跟柿子一樣，不見採擷，而紛紛墜落，宅子的牆外道上，遍地狼藉。過往行人見了，大約會替枇杷的宿命叫屈的吧。

再有一種中國人熟知的水果——荔枝，對過往（我上世紀六〇年代來美）大多數的一般美國平民百姓來說，也幾乎是聞所未聞。這種鮮為人知但為楊貴妃所偏愛的中國水果，雖說後來對美國人稍見普及了。然而，實際上，真正嘗過新鮮荔枝的人仍少之又少。總的來說，他們大都是在吃了罐頭荔枝之後，驚異美味，於是用為製作冰淇淋的原料。因美國人特嗜冰淇淋，經過二手媒傳，荔枝的芳名才莫名其妙地漸為人知。這情形恰似因中國近期的崛起，於是中國菜進一步成為一種新時尚一樣，但還是知其然而不知其所以然。目前，大多的美國人算是知道中國在地圖上的確切方位了，也大多知道臺灣是在中國海岸線外的事實，可是，臺灣究竟位於中國海岸線外何方，仍是霧煞煞。

柿子和枇杷，雖不為美國大眾熟知，也未將它們列入水果項目，但香蕉卻是他們普遍接受且相當大眾化的水果。臺灣也盛產香蕉。我在臺灣的時候（大約半世紀前），它是主要出口產品之一。

香蕉有充飢作用。當年在臺上中學的時代，曾創下個人一口氣吞下十二條香蕉的紀錄。可是，我第一次吃到香蕉並不是在臺灣，是在中、日戰爭勝利後的陪都重慶。那時，家住市區長江對岸的海棠溪。父親帶了母親和他們的四個孩子，第一次過江去市區，在著名的西點麵包店「沙利文」買了兩盒西點，為在抗戰苦難中流浪成長的我們表示慶祝勝利及迎接和平光明。沙利文麵包店的牆上，掛了一條條用玻璃紙包裝好似香腸一樣的東西，不知何物，便問爸爸。他笑了，用手撫摸我們的頭頂，說：「那叫香蕉。」然後用相當於兩盒西點的昂貴價錢買了兩條勻分著給我們四個「土包子」兄弟開葷，連母親站在一旁都只有充任「證人」而已。香蕉是由東南沿海省區產地運去的，已有些許霉爛，口感並不甚好。然則，我們總算是吃到了身價不菲的「素香腸」了。

美國的香蕉多來自南美。不香，遠不及臺灣的「金蕉」（臺語）。我即使並非邁入老境，仍像當年的小夥子，肯定也不會於腹飢時能創下一口氣吞嚥十二條香蕉的紀錄了。

西瓜，也是臺灣的好水果。

當年我在臺北上大學的時候，平均每月與住宿的同學去西門町一次。先在中華路沿鐵路的違章建築小飯館大吃一頓（鍋貼和牛肉湯），隨即轉去成都路上吃一客霜淇淋或冰鎮西瓜，最後去看一場電影。這樣的安排，把一月積下的緊張全舒解了。

當年在臺灣，家住臺中縣霧峰鄉北溝村。到了夏天，要吃西瓜。西瓜不涼不爽口，但家中無有冰箱，於是就用「土法煉鋼」的辦法——「水鎮西瓜」：將西瓜置放布袋中，繫以繩索，投放山坡下的小溪中，繩子拴在河畔樹身上，三、四小時後撈出西瓜，回家刀解入口。當時對於這種「土法煉鋼」的方法，頗自得其意，解嘲硬說「水鎮」比放置冰箱中「冰鎮」好，水靈。

木瓜，自然是臺灣甚為普遍而為人喜享的水果。

我初品木瓜，也非在臺灣，是在去臺前的南京。

民國三十八年，父親經政府派令，與鄭振鐸、向達等諸先生組團去臺灣考察訪問。回南京時，父親的行囊裡多了兩個臺產木瓜。前此，我從未聽說過也未見過此物。記得父親把我們召喚桌前，用刀剖開，登時，一股像脫了襪子綻露久未清洗的臭腳所散出強勢刺鼻的氣味，迫使我們怏怏走避。雖說最後被父親一一追捕回去，勉強吃了一口，那難堪的局面至今不忘。

可是，那年年尾，離（南）京去臺，未期木瓜竟成了我喜食中意的水果了。入鮑魚之肆久而不聞其臭，時間可以改變一切，誰云不然。

梨，也是我喜愛的水果之一種。

話又要說回幼少時了。

對日抗戰時，住在貴州省安順縣。那是戰火滔天、物質環境艱困的時代。住在「天無三日晴，地無三尺平，人無三兩銀」的地方，窮窘生活，讓小孩子極易染病。大病不說，傷風感冒，太平常了。秋天得了感冒，母親便把梨加了冰糖蒸好，坐在床邊，用湯匙盛了，吐氣吹涼了親自送入我口中服用。我望著她溫柔關切且多慮的眼睛，一口口把「藥」吃完，躺回去，慢慢閉上眼。

我喜愛梨，也許與母親有關。

除了上面所述在市場可以購得的水果外，尚有一些我此生吃過的野果，也想一談。

第一種野果是山楂。此物幾無人白嘴食用，在我的故鄉北京，著名的小吃「冰糖葫蘆」，就是用冰糖和山楂果製作的。

我幼時未離鄉前，肯定是吃過冰糖葫蘆的，不過已無記憶了。戰亂易使記憶破壞喪失。一九六四年，我離臺赴澳洲，途經香港。大學時期的朋友陪我逛「中國百貨公司」，該時香港尚未回歸中國，是英國的殖民地。不期在那樣的「他鄉」竟吃到了相隔二十餘年後的故鄉北京特產冰糖葫蘆。入口之後，酸酸甜甜的味道散開的同時，我覺到一種難言的親切和溫暖。不過，對於飄逝了的童年太平歲月，卻追不回來了。

抗戰時期住在貴州，西南高原上有數種不上市且他處也無的野果。其一喚作「龍爪」，是一種呈串狀的茶褐色東西。果實盤錯糾纏，有筷子的粗細，極像一團難分難解的粉絲，是什麼味道，現在已不甚記憶了。野果其二是花紅。顆粒如核桃大小，淺綠帶紅，十分嬌巧，味如蘋果。孩子們總把花紅裝滿衣袋中，一口一個，邊走邊吃。這種小蘋果，自離開貴州後，從未再見。野果其三是刺藜，生長在城外的山坡地帶。其果實大小如栗子，草黃色，實上有軟刺，需先剝掉軟刺方可食用，其味酸澀。父親用刺藜泡酒。當年莊家有兩種自製聞名於友朋間的東西，其一是「假蟹黃」，做法是將薑切成小丁狀，拌雞蛋合炒。出鍋前淋上酸醋少許，不但色如蟹黃，還真有蟹味。其二，那就是父親用橘皮或刺藜製的老酒了。在貴州安順，當時有定期的市集，叫做「趕場」。苗族少女打扮得盛裝照人來縣城裡販賣山地土產，刺藜便是一種。苗女攤位近旁，站立著賣清水（該時無有自來水）的赤膊青年，苗女常借桶中清水為鏡，用一把刺藜與賣水青年換取照影的機會。

其實，我自己最中意的野果是甘蔗。

現在臺灣，吃甘蔗都是將甘蔗榨成汁水飲用。當年在貴州，吃甘蔗並不有這般文明的方式，都是手握一尺許的甘蔗，一頭放入口中，用牙齒將硬皮撕啃掉，然後嚼著吸汁。貴州的甘蔗沒有臺灣的紅皮甘蔗粗壯，如手杖粗細，呈灰綠色。孩子們吃甘蔗就更其不文明了。辦法是將一根甘蔗砍掉頭尾，站在凳椅上或較高處，數人輪流表演用刀劈甘蔗。玩法是這樣：將刀背輕輕放置在一根甘蔗的頂端，不能用另手抓握甘蔗。屏息數秒鐘後，突然將刀反覆（刀刃放在甘蔗頂端），迅速自高處跳下，就勢順手將甘蔗自頂上劈下，就劈掉的蔗皮長短，將一截甘蔗取下歸為己有。最後，截取甘蔗最短的人是輸家，由他支付買甘蔗的錢。贏家口嚼甘蔗，吞下口口甘汁，覺得無比甜美。得意之色，溢於全面。呈現得意之色的另一因，是只有輸家清掃吐在地上的蔗渣。

上世紀八〇年代，我回臺省親，靈弟為我買了兩條去了皮的甘蔗。看在眼裡既眼熟、又興奮，顧不得齒牙已經動搖，就抓取一條放入口中，用稍嫌不健的牙齒啃咬。重溫戰時童少期的歡愉。迨將一口蔗汁吞下時，覺得老當益壯，快樂無比。

（寄自加州）

二〇一二年美國《世界日報》

書香散淡

時代跨入「電子」數位的科學新期以後，作為社會一個成員的我，老早就產生了憂懼之感了。所憂所懼，一是自己的年歲日增，於是有了會被時光隨時淘汰的驚恐。套句時下新潮的話，是對於生活的「難於掌控」。二是這種怦然於心的驚懼，乃因被「電子」這精靈鬼怪掏空了心。它視而不見，把摸不著，眼睜睜竟任由它一瞬之間，便將一個安於世的常人生活，攪和得七零八碎了。此種情況比電擊雷轟可怕。因為，電閃雷劈看得到也聽得見，目證神勇天兵由空而降，立刻可以感到自己的心跳加劇，血液速流，呼吸急促，更可以感受到一個所謂的高級知識分子的優越感遭到挑釁而尷尬的窘況，及無由抵抗安防的悲哀。而電子之強勁攻勢則不然：來得疾，去得快，無有預示的低悶氣壓，也未見烏雲密布繼之以電閃雷轟，驟然大雨滂沱的場景；不知不覺間，大寂中，你的生活耍時之間已全然改觀了。喜也罷，憂也罷，總之，that's the way it is。

生活一如博弈。一攻一守，動靜於心。所謂情，所謂趣，端在「接觸」。有我，有心，便有神在。神乃靈動，萬物唯人獨有。所謂接觸，言其健康正常的活人，舉手投足，耳目神思，憑藉肢體或感覺——視覺、聽覺、味覺、嗅覺、臆辨，與實體實物互通。月下花前，情人跪地獻花奉心或出示珍玩以表情衷，那種情與感，都非「電子」得以在電腦網上取而代之。電子當然可以傳情達意，送交對方，卻就是沒有手書的白紙黑字予以穩重厚實的感覺。或曰，感覺終無他物可以取代。整整齊齊、乾乾淨淨、快快速速，化為文字，未必有人為的點畫之間所透露的無以言說的魅力存在。甚且，手寫情書中的萬語千言，所附加包攝在貼了郵票的信封中，及經由善心的綠衣人代為魚雁傳情，奔騰流瀉如滔滔江水，頂天立地若磐石泰山的濃情實意，卻都付之闕如了。

所以，生活中的情與趣，乃是宇宙間有萬物聖靈的「人」所創所享。沒有了它，斑雜燦爛，都將歸於冷酷、寂寥、散淡。因此，「趣」的綻放乃如旭日朝霞，光彩漫天。我基本上正是一個極端重視感覺、倚仗情趣的人。比方說，市場上用彩紙精裝、大小如石塊的實體肥皂，近來已經出現了流體肥皂(Liquid soap)，使人難免想到遲早會被取而代之。流體肥皂用手執瓶捏壓，但見皂液流瀉於掌上指間，方便則是，然則，就是少了一塊滑潤腴香的肥皂任由你「把玩」的快意實情了。為何？因為無有「趣」了。再如吃餃子。餃子原本是北方人的一種家庭食品。它的製作，從和麵、擀皮、剁肉、切菜、拌餡、包製，整個過程是家人集體完成的。餡中自然也包入了親情歡笑，吃在口中，暖在心裡。吃罷餃子，喝一碗煮餃子的熱湯水，篤定心滿意足。可是，現在人吃餃子，鮮少自製，多係購自市場，置放冰箱之中，於食用時自冷凍庫中取出，餃子結冰，硬而無情，原有的溫柔敦厚體態早已不存了。煮熟了食用，只為果腹，何情何趣之有！

近日讀報，見有陳漢平先生〈e女i男〉文字一篇，述說英文字母e與i所代表的種種。文中稱說，e的原始意義是電子 (electron)，i的原始意義是互動 (interactive)，並不是「我」。現代人每日太多在e與i中打轉拚命，東徘西徊，已經變成病患了。e症候群中，患「電郵強迫症」者多有，患此症者如果一日收不到e-mail則焦慮不安、手足無措。病情更嚴重者，會在不知不覺間，大量散投e-mail，不可自抑。陳君說：「如果您三更半夜從床上爬起來，不去上洗手間，而是去查看e-mail，那就是電郵強迫症最明顯的症狀。」我不用電腦，家中雖置有此物一臺，但使用人是我的「上司」(吾妻)。上世紀八〇年代，我所執教的大學，有感電子時代的來臨，乃為凡屬執教師輩者配發電腦一具。我自從高中畢業，考入大學，從此與又懼又恨的數理一刀兩斷後，海闊天空，大口呼吸。活到不惑不逾矩之年，居然對學校的隆恩深情，一口婉謝了，成了系中唯一的不知好歹的「拒受」人。不觸不碰電腦，無由患病，作我自由之人，浪漫逍遙。

現代知識分子，用固有的中國說法，就是「讀書人」。書，應該是讀書人不可或缺的密友。置放在書房的架上，五色繽紛，大小厚薄不一，是最雅、最品高、最顯氣派的裝飾。可是，現在的讀書人，看書的越來越少，似乎「我」已不存在，就用兩個英文字母e與i賣身給電腦了。這種重視e與i的人，如癡如狂，已經病入膏肓只願作e與i族群的一分子，而於「人」的本位義涵，卻任其漸漸流失散盡了。試想，書架上的書冊有一天被電腦取代，擺置了品牌大小不一的電腦，讀書人豈不是成了專售電腦的商人了？孩子、青年，不背負書包上學，但見人手一電腦，太單純了，單純得令人不忍卒視了（也許，有一天，根本學校已廢，哈佛、牛津、北大、清華……僅是一個個觀光的歷史景點，但供遊客緬懷了）。

讀書人也愛看閒書。年少時，星期天一早醒來，懶床不起，一本《三國》、《水滸》

捲握在掌中，神遊赤壁，與黑旋風李逵花和尚魯智深打諢。尤其是在冬天，窗外風雨扣灑，或雪花飄舞，身子縮在被窩中，僅是持卷受凍的一手在外，冷熱對流，神魂顛倒，那種樂此不疲的迷戀，連母親在灶間呼喚吃蛋炒飯的聲音都充耳不聞了。但是，電腦這個硬體，誰又能把握在手掌之中？即使是藉電腦閱讀，那般冷暖漫身牽心的「趣」又何在？

讀書人，在工、農、兵、學、商五個類別中，大概是被描述成最為清癯的。赳赳、腦滿腸肥、堂堂、四肢強壯、肌肉發達……這等形容，恐怕都稱不上。我想，這大約就是被書氣裹身，輕飄飄地顯不出重量的原因了。

不過，也許是食古不化，我還是願意去做一個書香世家的子弟。避重就輕，不亦宜乎？

（寄自加州）

二〇一二年美國《世界日報》

杖

曾在電腦網上讀到一首「入世百年順口溜」，是這樣寫的：「一歲，出場亮相；十歲，功課至上；二十歲，春心蕩漾；三十歲，職業硬仗；四十歲，體態發胖；五十歲，吃喝麻將；六十歲，老當益壯；七十歲，不時健忘；八十歲，搖搖晃晃；九十歲，迷失方向；一百歲，掛在牆上」。所謂搖搖晃晃，意指腿力減弱，重心不穩，行走時偶有傾斜失衡。與妻外出散步，她總是一路領先，我亦步亦趨，努力跟上，終究成了龜兔賽跑場面。

科學雖稱一日千里，醫藥、科技發達，耄耋人瑞滿街可見，人的壽數的確大加躍進延伸。但是，八十老兒究竟仍屬高齡，老態畢露，乃是不爭之實。古時，老人行動不便，蹣跚遲疑，倘無人攙扶照料，勢須拄杖。杖七尺八長，本身即是對老人的一大負擔。只有文人雅士捻鬚策杖，而一般人並不常用，算是在家韜光養晦了。對文人雅士來說，杖的實用性很少，毋寧說是他們生活中的一項文明道具，可有可無，不是必需品。

現代人上了歲數，不用杖了。在歐美先進國家，有科技產物的電動輪椅，供老人享用。散步、外出、甚至做輕量運動，都方便自如，無須相煩他人。杖是實物，所代表的是正直義理，我們說「杖義執言」，正是如此。可惜，古語今用，似乎有些微的嘲諷之意了。小至個人，大至社會國家，多是以私利冠先，公然申張正義者鮮少。我們熟悉的四字成語「杖勢欺人」，恐怕是「杖」在今人眼中常見的形象吧。古人稱沽酒錢為「杖頭錢」，這樣的雅詞也不見了，因為如今買酒的人，常見虎背熊腰、一臉橫肉、窮凶極惡模樣，時代的確不同了。古時，父母雙亡、又更喪妻的男子，稱為「杖期生」，守舊尊古的人如今在報紙上發訃文，尚或可以看到。如果不看報紙，不看電影，不看電視，也不看舞臺劇，只吃機器製作的水餃麵條而不知「杖」為何物的人，「杖」對他們而言是奢侈的。

我生在上世紀的三〇年代，那時，歐洲的士紳公子哥兒們，以英國為代表，男士西裝筆挺、頭頂禮帽、腳踏革履、戴眼鏡、掛懷錶、手中提耍著一根俗稱「文明棍」的手杖，充分表露了「尖頭鰻」(gentleman)的不群之姿。正當三、四十歲的英年，步履如飛，是完全不需要用杖的。我在前面說「杖」變成了一種文明人的道具，似足可採信。父親在上世紀的三〇年代，曾代表政府押運故宮文物赴英倫展出，正好趕上了英國當時流行的紳士派頭風尚。回程中，一口箱子裡裝放了各種文明道具：典雅精裁的呢料西服、領帶、黑皮尖頭鰻皮鞋、刮鬍刀及刀片、吃煮雞蛋專用的小盅及小銀勺、夾札核桃用的核桃鉗、黑布洋傘、以及文明棍數枝。我目睹父親使用那些文明道具是對日抗戰期在後方讀小學的時候。作為北大畢業生正值英年的父親，出現在物資艱困、人文稍嫌落後的貴州高原上，是頗為亮眼甚至令人刮目相看的。吃煮雞蛋專用的小盅及小銀勺，因為雞蛋身價高而不能每日定食，已不見常用了，西裝革履也被中式藍布長衫褲褂和布鞋取代了。但是，他仍然如戰前持用杖不離手的文明棍。

在戰亂時代，偏僻的地理環境，加上民智人文稍顯落後，貴州高原上不但戰火及槍砲聲可以遙見耳聞，土匪攻城搶奪亦不鮮有。入夜後，每當政府僱用人員鳴敲銅鑼、沿街奔告土匪攻城、要民戶嚴加防範的呼喊聲遠去後，父親慣例熄燈關門，挪移飯桌抵住大門。這時，他的文明棍發揮了極不文明的作用，被當作栓子閂住兩扇大門。當年故宮文物存放縣城南郊十里的華嚴洞，父親每周定期步行下鄉，他都帶了文明棍。杖的身分，由士紳屈降為庶民了。杖，在當年還有另外的作用。由於生活清寒，父親在縣城內的中學兼任教職貼補家用。授課的日子，他都持杖前往。文明棍權充教鞭，算是拾回了手杖名為「文明棍」的一點失去的尊嚴。

這以後，家離黔入川，我們住在川東巴縣一個名為「石油溝」的山溝裡。生活單純清閒，父親的那幾條手杖無用可施，就像故宮文物一樣，被置放在一個特製的大木桶中。民國三十四年，抗戰勝利，文物遷重慶市，不足兩年，再移運還（南）京。又不足兩年，國共齟齬加劇，內戰的火花飛濺各地。到了三十八年底，最終撤運臺灣。當然，父親的私藏文明棍也流落寶島了。

那幾枝手杖，歷經動亂，已顯得斑剝蒼老了。其中最受父親青睞的有兩枝，一為藤製，淺黃色；一為纖細堅挺的黑檀木杖。當年在臺，除了父親，我只知道還有一人用杖，那就是在報紙上刊登的照片中持杖的總統蔣公。因此，我當年想像中認為，父親很可能就是少有的「手杖貴族」了。其實，有這種想法也並無不是，因為父親的生前摯友故前臺大教授臺靜農先生曾經向父親借杖。靜農世伯在上世紀的七〇年代在臺北，常有摔跌情況。一九七七年，他寫了一首〈向莊慕陵乞杖〉的小詩給父親：「自喜衰年猶未衰，時復小飲弄孫嬰；無端跌卻長安道，要與先生乞杖行。」接信後，父親也回了他一闋〈西江月〉詞：「莫歎平生落落，且喜不老遲遲。與君各記少年時，須信人生如寄。藤杖一枝投送，深盃百盞休辭。拍手欣賞寄來詞，我已為君詩醉。」能將自己心愛而又幾乎日不離手的手杖，慨然立即投送故人，這一對大學期間納交結為畢生患難知己的朋友，歷經戰亂而最終同處臺灣，自律自清，是不會諱言，也更不會妄言虛語的。一九八六年靜農世伯遊美，在東岸與兒女相聚，某日沐浴因曾經動過手術的摔跌後遺症作祟，不慎滑跌，事後打電話告知我與妻，妻回話說：「您這是土包子遊美，沒見過世面，怯場了。」靜農世伯聞言哈哈大笑，操著濃重的安徽口音普通話，連道：「是的！是的！就是這話！土包子出洋相。」還是那般豁達幽默。

父親割愛相贈老友的那條藤杖，我十分熟悉。當年在臺，家住臺中縣霧峰鄉北溝村故宮文物倉庫近旁的公家宿舍時，我們兄弟四人因在臺中市就學，每日清晨即起。吃罷早飯，背了書包，帶了便當，在天光尚未十分清朗的時候，便匆匆離家，搭火車前往臺中。父親幾乎每日都會拄杖陪送我們，行到距家屋大約兩百米的坡地上，目送我們前往。我有時回頭相望，他總是握舉著手杖在空中揮舞。我第一次感到，背了天光孑然獨立在高處的父親，彷彿化身為一個樂團的指揮，那條手杖軟化成了他手中的指揮棒，多情而又靈動地跳躍著。

父親已故去多年，如今自己已到了該當用杖的時候了。但我不用杖，棲遲域外而心在故國。心中有一枝無形的杖，長久以來一直伴隨著我、支持著我，在漫長的人生道路上，勇往直前。

（寄自加州）

二〇一四年八月二十一日美國《世界日報》

耳語

女士（尤其是青春綽約者）們對「耳語」掌握操作之熟巧，端非男士所可望其項背。但看她們二人會心一笑，柳眉輕揚，隨即兩頰近貼，一方更伸出玉手，彎舉纖纖五指，委婉圍罩對方耳畔，以吹彈可破之輕柔緩約，道出秘密。

附耳小聲為語，是為「耳語」。不但附耳、小聲，尚且以手遮掩，言其實不足與外人道，「秘密」之意，遂油然而生。在公然言論坦蕩的場合，此舉難免會予人陰詐難防的負面感受。尤其在時下自由、正義、公信彰彰於形，就更不免給他人「賊頭鬼腦」、「小家子氣」一類的譏訕了。

喜歡作「耳語」者，以我數十年成長期中所得之經驗而言，女性在這方面是要較之男性高上一籌的。我初做此項宣示時，在場某男士曾面呈不悅不屑之色，曰：「閣下此語，也未免太過標榜女性主義了罷？」當年乍聞此君之說，頗以為戒。時序已是二十世紀，「平等」主義，四海同認（即使口是心非也在所不計），天下歸心，且我忝為「高級知識分子之一員，豈可妄顧形象，授人以柄？但是，時至今日數十寒暑後再思，當年我何出此言，很可能是似當今政客之隨意出口，黑說成了白；又或許是以他們無中生有，造成「奧語」，於是招來譏嗆的結果。

「此時無聲勝有聲」，美好的、浪漫的、引人遐思的藝術「耳語」，留下了千種風情，萬般旖旎，悄然落幕了。觀眾則盡在不言中，心領神會，嚥下一灘口水，微笑點首。

然則，同樣的場合，同樣的觀眾，同樣的表達內容，同樣的表演方式，只是人物易為兩個大男人，則其予人之感受遂大大不同了。傳語一方如果是一臉鬍渣，滿嘴口臭，暴牙凸唇，再搭配上伸出有藏垢指甲的粗短五指，更不幸可能言之有物，將口水星子噴灑在聽者乾淨俐落的顏面之上，那就釀成大災了。

一般來說，在學校的講堂上，倘若一位稍嫌尖嘴猴腮的新老師與學生初次見面，女學生的交頭接耳立時可見。老師可能看在眼裡，但不便干預以失師道尊嚴。可是，如果交頭接耳是兩個男學生，老師輕則以乾咯，或以手指輕敲黑板桌面，重則斥叱警告，春雷高奏了。所以，我對當年作成女性善為「耳語」之言說，似也有一定程度的證明。

「耳語」，俗稱「講悄悄話」，這「悄」之陰柔一面，似乎就是女人的專長。自古以來佔盡性別上利益的男性，不需要在這樣的芝麻大小事上去相爭了。我們常說「枕邊細語」，是指年輕的一對男女，沉溺於愛情中，或是在新婚燕爾魚水之歡時的吐露。耳語之後，有時一對曠男怨女竟突然鑽到被面下去了。若是老夫老妻，同榻共枕已久，太太縱使枕邊細語吐聲，而大男人則很可能早已雙目緊閉，噴氣打呼，向周公報到去了。因此，枕邊細語 (pillow talk)，實則也是為年輕男女設用的。我不能說是為女性專用，但男性仍以少用為宜，就因為耳語是屬於陰性的。白居易在其〈長恨歌〉長詩中，描寫楊玉環在虛構的縹緲海上仙山玲瓏樓閣中與漢家天子使者相見，把鈿合金釵原與唐明皇定情舊物的一半委使者帶著，於使者臨去時，「臨別殷勤重寄詞，詞中有誓兩心知，七月七日長生殿，夜半無人私語時」的描述，那夜半無人私語，正是長安蓬萊宮中唐明皇與楊玉環的枕邊細語，這耳語也肯定是出自楊玉環輕啟的朱唇，這也才委實流露了二人間的無盡纏綿，迴腸盪氣。倘若這耳語指的是張開金口的唐明皇，那也就不言也罷了。

不過，「耳語」在二十世紀的後半期，因為政治的擾人，令一大批有志青年離開國土家門，長年流浪在外打拚，這種長期與家人的生離，在中國歷史上是少有的。許多棲遲異鄉的遊子，在雙親辭世時都不能親侍左側，只當匆匆趕返時與彌留中的親人「耳語」一番，真可說是大慟。我就是這樣的毫無一點浪漫氣氛與老父作生前耳語的人。一九八〇年三月十日，我接到四弟莊靈自臺北打來的越洋電話，告以老父病危，要我儘速趕返。我於次日束裝回臺，下了飛機，直奔臺北榮民總醫院。抵達時，父親平靜的躺在榻上，雙目緊閉，只有微弱的一息尚存。我跪在榻側，以從未用過的耳語在老父耳邊呼喚：「爸，我回來了。」父親沒有絲毫動靜，我再呼喚一次，仍然沒有回應。這時醫師走了過來，輕輕將手搭放在我肩，低聲緩緩地說：「老先生就是要等到你這個兒子最後趕回，所以一口氣一直未斷。現在，老先生已經安祥地走了。」

前年（二〇〇六）十月二十七日，我在北京旅遊，晨八時十五分，接到四弟打自臺北的電話，告我母親已於該日清晨三時二十分仙逝，而我竟連趕返與母親作耳語的機會都沒有。

耳語這個詞，用到如此這般的淒切境地，我真真覺得它喪失了浪漫神秘的原有神傳，太不幸了。

二〇〇八年《中國時報》

猶憶歌聲話當年

日前得夢，與清茂、楊牧、歐梵、恭億等諸君子共飲，長話高歌。我所歌者，乃是上世紀三〇年代抗日戰爭期間在貴州安順上小學習唱之〈漁翁樂陶然〉一曲。時隔數十年，久封心底，未曾再聞亦未曾再唱的曲子，居然跳彈而出，在夢中朗朗上口，字字清新地浮升了。在這太平盛世的亂世，真是令人驚詫。歌云：

漁翁樂陶然。駕小船，身上簑衣穿，手持釣魚竿，船頭站，捉魚在竹籃。錦色鯉魚，對對顏色鮮，河東河北蛟龍翻。兩岸，垂楊柳，柳含煙。人在夕陽殘。長街賣魚還。沽一杯，美酒兒，好把魚來煎。夜晚睡在蘆葦邊，酒醉後，歌一曲，明月正滿船。漁翁樂陶然。

生活在科技日昌的太平盛世，怎麼竟會興起歸真返璞的意念來？太平盛世是實，但四海一家了竟感亂源日日孳生，安寧中有如地心熔岩洶湧滾動的悸盪，彷彿火山不知何時會突然爆發。這不是我個人的憂困，「世界末日」之到來，已是各方咸表的哀音了。國際流通開放後，人類生活的大環境不幸迭遭汙染，雜亂難清。知識躍進可喜，可惜罔顧性靈，都似只為逞慾爭奪，比真刀實槍之屠殘猶過之。這是盛世，卻也正是亂世。飲酒，對年輕一代的朋友來說，因醫界慎言警世的科學報告，大都心存戒恐，敬而遠之了。而與友好共飲，忘懷晨昏，名利私圖與俗務權慾俱消，彼此一吐心肺慨說，陶然相忘的情趣，更不可得。如此說來，我在老境，棲遲天涯，竟然夢見手持釣竿、身穿簑衣、駕一葉輕舟，逍遙在水涯葦邊的老漁翁，不求聞達、飲酒自適、陶然自得，豈非潛意識的作祟？於是唱出了幼少時的歌曲於夢中，似乎也可說是對歲月滄桑、感時懷往的心聲吧！

兒時讀書，不求十分理解，而背誦上口是純中國式的教育方法。所謂「熟讀唐詩三百首，不會成詩亦能吟」，正是如此。我在夢中所唱的這首〈漁翁樂陶然〉，字字清晰，就是明證。夢醒之後，我良久未能再睡。逝去的段段歲時與幼少時一路生活過來的環境，交疊呈現，彷彿黑暗中可見的一點遙遠的爝火，隨著一陣天真活潑的孩子的歌聲，漸漸飄逝了。

我的童年，正逢戰火漫天、硝煙滾滾、民族苦難的二十世紀三〇年代。隨父母流浪到了貴州，生活在那物質貧艱，天無三日晴，地無三尺平，人無三兩銀的高原上。平日所見是乞丐；是沿街叫賣芝麻糖、醬馬肉及鹽巴（成大塊若石頭般的岩鹽）的小販；是拖著緩慢蹄聲，自縣城安順東門外走來，行經石板路，馱著煤塊包的馬隊；是站立街邊赤了上身、足踏草鞋的賣水青年；是穿戴了鮮豔的民族服飾、打扮得花哨、賣菜賣野果的苗族少女；是面黃肌瘦、開赴戰場的過境團隊；是被反縛了雙臂、背了「斬」字木標遊行示眾、走上刑場待砍首的囚犯；是酒店門外，嗑著葵瓜子沿街坐在長條木板凳上的酒客；是滿街隨地擤鼻涕、吐痰的路人；是當眾解衣哺乳嬰兒的婦女；是穿了補釘上再加補釘的花花衣裳孩子；是招攬顧客看「洋畫片」擺攤子的漢子；是叫賣大力丸草藥的江湖人。沒有見過自來水；沒有見過也沒聽說過電話，沒有電燈，沒有瓦斯，沒有冰箱，沒有電視、電扇，沒有冰淇淋，沒有書包（課本都用一張藍粗布包了），沒有鋼筆、鉛筆，也沒有洋房。當年的我，卻是被呼為「國家未來的主人翁」，有機緣上學讀書的一位幸福兒童。這不是瞎編胡說，就請聽聽當年唱的這首〈新中國的主人翁〉吧：

我們是勇敢的兒童，
新中國的主人翁，
新中國的小先鋒。
走呀！走呀！向前走！
天真活潑的小朋友，
握緊拳頭，張開口；
趕走瘋狂的日本狗！
趕走瘋狂的日本狗，
中國才有翻身的時候。

家國受難，民族遭受凌侵侮辱的慘痛事實，不是沒有經過戰爭洗禮，沒在砲火中成長的現代國人所能切身感受的。在那個時代，同樣是天真活潑的小朋友，但是他們沒有亮麗的衣裳可穿；他們沒有蛋糕、巧克力糖和冰淇淋可吃；他們沒有幸福的享受；但他們是國家培養的主人翁，他們是國家所期待的、也只有把侵略者日本鬼子打倒後中國人才可以過著有尊嚴的生活的小先鋒。日本狗不趕走、不消滅，苦難的中國是不可能翻身圖存的！再聽吧：

大刀向鬼子們的頭上砍去！
全國武裝的弟兄們，
抗戰的一天來到了！
抗戰的一天來到了。
前面是英雄的義勇軍，
後面有全國的老百姓，
咱們中國軍隊勇敢前進！
看準了敵人，
把他消滅！
把他消滅！
大刀向鬼子們的頭上砍去！

殺！

×××

工、農、兵、學、商，
一起來救亡！
拿起我們的鐵鎚刀槍，
走出工廠、田莊、課堂，
到前線去吧，
走上民族解放的戰場。
腳步合著腳步，
臂膀合著臂膀。
我們的隊伍是廣大強壯。
全世界被壓迫兄弟的鬥爭，
是朝著一個方向。
千萬人的歌聲，

高呼著反抗！
千萬人的歌聲，
為自由奮鬥而歌唱。
我們要建設大眾的國防，
大家聯合起來，打倒漢奸走狗，
槍口朝外向。
打倒日本帝國主義，
把舊世界的強盜殺光。

×××

向前走，別退後，
生死已到最後關頭。
同胞被屠殺，
土地被強占，
我們再也不能忍受，

我們再也不能忍受。
亡國的條件，
我們絕不能接受，
中國的領土，
一寸也不能失守。
同胞們！
向前走！別退後！
拿我們的血和肉，
去拚掉敵人的頭。
犧牲已到最後關頭，
我們再也不能忍受。

「一寸山河一寸血，十萬青年十萬軍。」這是當年政府向全國青年發出的號召。於是，風起雲湧，愛國青年們義憤填胸，紛紛響應從軍報國。在那個兵荒馬亂、砲火刀槍、敵存我亡的擾攘時代，連在大後方被呼為「國家未來的主人翁」、吞食著碗中撒滿了紅紅辣椒粉的「八寶飯」（粗糧煮成的赤褐色糙米飯，內中摻和了大量的小石屑、小泥塊、老鼠屎、穀子、稗子、玉米、蒼蠅和蚊蟲屍體）的孩子們，在一無選擇的實情下，固然不必肩槍配刀開赴火線，可是，這樣的歌曲，在每日生活中，卻扮演著除了吞食八寶飯之外，能讓喉嚨著力顫動吶喊的作用。滾流的熱血變成了彎彎河水；子彈砲火替換了鮮花；刺刀易為青草；就連孩子們玩著廢物利用，面對如豆的一點燭火使力擠扎橘皮，使得發出陣陣聲響、火花爆裂的遊戲，也都幻化成為槍林彈雨、硝煙瀰漫了。

貧艱生活，苦難日子，到了春滿人間時節，都短暫地為人遺忘。特別是孩童，懷著春節來臨的欣快，期盼著大人在艱困的日用中省下給他們的「壓歲錢」，熱烈亢奮地期盼著老師們宣布到城外「遠足」（郊遊）的佳音。沒有水壺，更沒有汽水和其他飲料，沒有糖果點心，沒有水果，也沒有麵包、三明治，只有媽媽手製的饅頭、煎餅、生蔥和泡菜。但是，孩子們個個興高采烈，列隊出城，沒有汽車，去向青山綠水歡呼高唱。你聽聽那飄揚的歌聲吧：

春風吹，
吹得熱血燒胸膛。
大家來，
大家高歌齊歡唱。
唱一個，
民族萬歲，
走向解放的戰場。
讓我們在土地上，
接受雨水和太陽，
全世界的人類呀！
誰甘願再做牛羊。
站起來，
站在最高前線，
齊向前，

趁著大好春光。
戰！戰！戰！
戰鬥到底，
爭取輝煌的勝利。
×××
年紀小，
志氣高。
身體強，
本領好。
我們，是在砲火下長大，
我們要做民族的小英豪。
年紀小，
志氣高。
身體強，

本領好。
我們，是在砲火下長大，
我們要做民族的小英豪。
×××
不要怕船小，
不要怕浪頭高，
用力呀！用力！
搖啊搖啊搖。
搖過了前村，
穿過大石橋。
搖出了海口，
遊海島。
不要怕船小，
不要怕浪頭高，

用力呀！用力！

搖啊搖啊搖。

不怕船小，也不怕浪頭高。搖呀！搖呀！不但搖過了前村，早就穿過了大石橋，而名副其實地搖出了海口，遊海島（臺灣）了。而自一個亞洲小島，又搖向了浩瀚海洋中的澳洲與美洲。如果從抗日戰爭離井別鄉算起，悠悠歲月，已經搖掉了七十五載。北京、南京、湖北、湖南、廣西、貴州、四川、江蘇、臺灣，從童少搖成老叟；從青絲搖到白髮；從中國搖到外國；從北半球搖到南半球；從政治上的中國人搖成了美國人；從二十世紀搖進了二十一世紀；從戰亂擾攘搖到自由平安；從貧困搖到了小康。這一串的搖蕩，也就是漂泊的此生。離鄉（北京）之時一無記憶，回鄉已是四十四歲中年，卻不是永駐，僅係旅遊。

還會再搖嗎？會，一定會。人生本就是漫長的旅遊。何況，懷著堅定信念，在寬闊、平遠、澄亮的中國文化湖水中搖蕩，其美勝逍遙，無以言宣。

我的童少年，沒有歌唱過小貓、小狗、小鳥，也沒有唱過星星、月亮和太陽。生活中沒有青草，也沒有鮮花，只有槍砲、子彈和刺刀。那個時代，不是電力提供生活的時代，沒有電燈、沒有電話、沒有收音機、沒有電視。物質生活是艱困、簡單、粗糙的。但是，與現在的生活環境對比，確是純樸自然、乾淨自得的，也是人情坦爽的。在文明的進展中，那個時代已經永遠永遠退隱在歷史中了。可是，歷史是不停向前躍進的，因此，它永遠不會消逝，永遠令人難以相忘。我在老境常常想起了它，就像啜飲一杯淡淡的清茶，散出微微的苦澀和芳香，令我感到溫馨。因為，我的童年，正是那個時代孕育出來的。

童年，對我而言，雖說是一個動亂的時代，當時的積苦，卻化作了我對現時的安和分外地愛惜。從苦到甘，你方會珍享甘的純美。生於安和的人，固係幸福，這樣的幸福感卻不似我先苦的厚實。安和中人最難掌握的，是不易產生精恰的比較，容易自滿，認為理所當然。路遙而知馬力，這樣的話，他們不易真正入耳。現時的人，尤其中國越來越受外界的影響，小我的個人，已經益顯重要，大我已不那麼受到重視了。

那個時代，沒有現時教育界頻傳「霸凌」的現象，師生感情純真堅實；同學之間，也沒有內心強烈的爭奪慾。真的是一切為了民族，為了國家。「脣亡齒寒」的道理雖沒有教導學生，但單純的孩子心中早有定型了。

我慶幸自己是先苦後甘的人，是經過磨練的人，因而也是民族意識極強的人，也是一個能兼取中西文化之長的人。

二〇一二年三月一日美國《世界日報》

第四輯　小品

夾竹桃與牽牛花

酒蟹居庭園中，於初遷至時，後園即有杏樹椒樹各一株。杏樹每年秋後結實纍纍，極是香甜。豐收時，分批採下，計得採有紙袋五、六滿袋。贈送親朋，都獲好評。上世紀八〇年代，未悉何故，杏樹一夜間竟枝萎葉落，癯然死去。至今該樹原生地面處仍留下伐後所遺盤根，其四圍常有野花草蔓生，都經我拔除。好像是對親故墓地的保持處理方式，因畢竟人樹同園，總是一種緣分吧。我未豎碑石記悼，只恐會令園中其他植物悲思太過，也兼考慮有影響園中景觀之虞，於是私心一橫，遂取消儀程形式。

杏樹枯死之後大約十年，大哥病中訪美，來酒蟹居小住。那是夏天，我們都在後院中間的那株老椒樹下乘涼坐飲，大哥還追憶他當年樹下採摘杏子的快意；而一九九七年六月的酒蟹居，也還有我們兄弟二人天涯談憶童少時的苦樂。想不到那竟是大哥最後一次與我坐得那麼貼近地說話了。就在那年冬季，他返臺不過數月，那株老幹密葉、盤錯多姿的椒樹，竟與杏樹一樣，一夜之間葉落枝萎，癱然死去了。大概植物也有「壽終」一說的吧。樹死之後不及半年，大哥因癌病終於走了。

椒樹既死，亦遭伐去。在伐後遺下的根幹處，我培種了幾盆竹子，也栽了一株夾竹桃。夾竹桃是灌木，通常在美國公路兩旁都可見到，花有紅、粉、白諸色。此樹長高時有一丈左右。其葉呈狹披針形，夏秋間在枝梢開花，因葉狹長似竹葉、花似桃花，故而得名。夾竹桃有毒，朋友詹君居住在近城的郊區半山之上，屋前屋後常有野鹿出現，園中奇花異卉總遭野鹿噬啃。然則，夾竹桃因有毒，故而野鹿也絕不貪嘴喪生。對野鹿來說，什麼可食，什麼可棄，都自有定數。似乎「萬物之靈」一說，並非人類獨享自美。社會上時有人因採食野蕈大啖毒發身亡的新聞，若是明知故犯，只圖一時貪快，則更不可掠美「萬物之靈」一說了。

酒蟹居後園中的那一株夾竹桃，經我悉心照料，施肥、灌溉、修裁如期，已經長成一個大球形。夏秋間，樹端紅花綻放，引來飛蝶松鼠，極是美好。以前園中死去的椒樹，垂枝若柳而非真柳，現在的夾竹桃則貌似桃花而非真桃花，都彷彿是東施效顰。但在酒蟹居主人眼裡，效顰與否，都係人的感覺，植物本身大概是不似人那麼造作的。泰然自若，互不相涉，不似人那麼善於忌妒，好為諷喻，也不那麼無聊。

在夾竹桃的右側，我沿籬牆種了一株紫藤。數年間一直枝葉繁茂，卻不開花。早在兩年前，紫藤自己似乎也不甘寂寞，竟然攀爬越牆，向鄰舍招搖去了。這種自作投桃之姿的行徑，兩年之後，終於換來李報。籬外鄰宅不知何時在籬下種了一株牽牛花，也竟然在我不知覺間，爬過籬頭，攀向酒蟹居來了。

那天早晨去後院，猛抬頭，幾朵紫中透藍亮麗清挺的牽牛花開了，似乎在向我道著早安。

此花之莖有纏繞性，於夏日在莖邊衍生若蓮蓬狀的花苞，苞蕾上每日綻放漏斗狀大合瓣花一兩朵，輪替開花約周餘。朝晨花開，過午色變，由紫中透寶藍而易為紫中帶紅，變成粉紫色。此生第一次看見牽牛花，是在對日抗戰期的貴州安順。該時此花人喚之為喇叭花，因花狀似喇叭故名。牽牛的正名是長大後在中學生物課上才得知的。為何正式學名為牽牛花，不得而知。想來是因此花莖長宛然似弱水，莖兩側花開，頗類天上星河兩岸的牽牛織女，人們如是給了此花一個浪漫雅名。但為何是牽牛而非織女，恐怕又是中國的大男人主義重男輕女的彰顯了。抗戰期間在貴州安順當地人都喚此花為喇叭花，而未聞其牽牛花之名，是否因戰時同仇敵愾把牽牛的浪漫變了調，而易為具抗日救國號令軍心民意的新名？我不知道，但我是偏愛喇叭花的俗名的，有時太過典雅反不如俗實一些的好。抗戰時，四川人呼稱逃入川的國人為「腳底人」，就比政府部令的「下江人」聽來夠勁兒。下江人者，長江下游的外來者也。當四川人言說「腳底人」的時候，我注意到確有一定的優越感，連聲調都厚重有力得多（用四川話發音）。

在海外住久了，雖然落地入籍，但名姓未改，「喇叭花」這名字，聽來仍有其一定的文化省思與精神。牽牛花是浪漫的聯想，而喇叭花則是象形的借喻。一虛一實，也許我在天涯棲遲久了，也喜歡接受現實撇掉虛矯的意識了。

（寄自加州）

二〇〇九年美國《世界日報》

月餅的滋味

從有記憶起，生活已經是背井離鄉後一連串身在顛沛之中了。

第一次顛沛是因對日抗戰。離鄉時尚不足四歲，對「離」不存任何印象。

第二次顛沛是離開大陸遷臺。也仍可說是與第一次顛沛同樣的「逃難」。所不同的，是因日寇侵華興起的抗戰變成了國共內戰。

第三次的顛沛是自我主動的流放——留學出國。自此棲遲域外，至今已有四十六年了。

中國逢年過節的歡快，都是因為要與家人親朋在中國土地上相聚、同慶、共享，方有實感，因為在顛沛流離的客觀環境裡，常使人蹉跎了過去應有的快樂和實感的欣然。中秋，在薄涼氣息中望月，圓圓的一輪，無語淒清，這種感覺於顛沛流離的他鄉是很難令人有勇氣去擁享其快意的。

我對過年，並不感到特殊的興奮，一年逝去，總令人有些微的惆悵。在這種情況下去展望未來，多少有茫渺感。而這種心情，及長後，到棲遲域外，竟然愈來愈鋒芒起來。一年年的展望一年年的驚亂，反讓我益發懷舊起來了。端午節吃粽子，是為了紀念屈原沉江身殉，而世亂總給予我太多的感受，因為能如屈原以清白保身的人，在歷史上實屬鮮見。所以，我對吃粽子並不感到無限快意。

可是中秋節，清涼的天時就一直令我有適度的反應。秋水清澈，秋聲西風肅殺，秋意卻在涼淡中透著溫馨的思念，舊好與新豔，都那麼明亮高高在空，一輪明月為之畫上句點，卻也透著希望。

讀大學時，有一年自臺北回臺中霧峰的家，已是囂暑退去，接近中秋的時際了。我在宿舍整理行囊——一床鋪蓋捲和一袋書什雜物。鋪蓋捲隨身帶上公車，於己不便不說，也會令人側目。

那時沒有滿街馳走的計程車，於是乘坐三輪車去火車站，我當然不例外。我那時住臺北基隆路臺大第九宿舍，自基隆路羅斯福路口叫了三輪車，先坐上車拉回宿舍，再將行李置放車上逕赴車站。

羅斯福路那時不似現今的大氣派，也並非全線鋪上柏油且兩邊有繁盛及亮麗的路燈。晚風拂面而獨坐車上，有一種少年特有的舒豪感。我乘坐的那輛三輪車車夫，是退役軍人，老家四川。因中日抗戰我在四川東部及重慶前後住過三年多，會說四川話，於是還用已然生疏了的四川話和車夫攀談了幾句。

當車行至同安街附近時，車夫自行把車停到了路邊，要我下車。我以為車子發生斷鏈，遂起身下車，車夫卻也並未回答我的詢問，只將車座的蓋皮板掀起，從座下取出一盒月餅，打開盒子，堅持要我自取一枚說：「中秋節快到了，請吃塊月餅。我的手不乾淨，請先生隨意拿一個吧！」

事發太屬意外了。我往天上看，那天並無月色，不但看不見月，且覺陰暗。天空透著淒迷之色。我立時意識到我勢須拿取一塊月餅的重大責任了，因為我知道那塊月餅代表著的是車夫寄予月亮照耀他的家鄉的綿綿情思。我不能拒絕，我如果拒絕，即是毫無同情斷了他對家鄉的期盼。

我回家後也沒有打開那塊月餅。但我永遠不會忘記那塊月餅所包裝了的、聞嗅不到卻可以意會的特殊而深長的鄉愁滋味。

二〇一〇年九月《聯合報》

鞦韆

今日又去公園散步，一如既往。

在經過設置了鞦韆架及滑梯的兒童遊樂區時，見有一對年輕夫妻，分坐在相隔大約兩尺的兩架鞦韆上，默默地、低緩地正在盪著。那母親的懷中還有她襁褓幼兒。幼兒埋覆在母親的外衣下，只透露出頭頂上黃黃絨絨的一簇短髮，看不見幸福展笑的臉面。母親低垂了頭，一手握著鞦韆的吊索，一手輕撫著孩子的頭。在溫煦的冬陽下，和藹情深地睇凝著她孕育的新生命。時而，她抬頭也溫情地望著身邊另一架鞦韆上微盪著的少年男子，也同樣地對他展露著安和的微笑，默默靜靜無語。

他們確乎是具有夫妻名分的一對嗎？這是我首發的感想。遂又意識到，是否具有正式法律上夫妻的名分，似乎並無必然的需要，因為他們之間那種深情款款的幸福滿足感受，就像一泓清澈的池水向四周蕩開的漣漪，竟撞入了我心了。這令我覺到起始對他們之間的關係的盤疑毫無必要，甚至感到羞愧，真是褻瀆了他們。我立刻想到《詩經》中有多少對於相愛男女的描寫，難道作者在下筆時，都似我這般興起俗浮的質疑麼？

我施施前行。終於，我聽聞到了來自身後，那位年輕母親喃喃如天籟般的綿細歌聲。那樣的聲音我曾聽過。幼時，在中日戰爭的大後方，我聽過。同樣是一個母親和她襁褓中的骨肉，但母親並非是安坐在盪漾著的鞦韆上，而是借坐在街邊店鋪前方的木條凳上，解衣哺乳的一刻。砲火的閃亮取代了煦和陽光。但是，在我的眼中，母愛的表現則是一樣的。那哺乳的母親就似頂著光環的聖母，那歌聲，自六十餘年前的中國土地，遠隔重洋大海，飄流到了天涯，像聖誕燈火樹之通過電流，竟在我心中燃亮起來了。

鞦韆，在舊時的中國，除了皇廷的帝王之家，原係貴族世宦門第才有的。平頭百姓門戶，房窄院狹，那樣高雅逍遙的遊戲，是無法置享的。抗戰時在貴州安順，初見的一架鞦韆，是在縣城南門附近的一個大水塘旁，有心人在塘畔的一株巨柳上，套了繩索，下面拴好一塊未經打滑的木板，供行人作樂。我聞風去看，也圖搖盪一樂的那次，已經在我去前就佔有一道人牆了。我到達的時候，一位男童正坐在鞦韆上盪得興起。就在眾人豔羨熱情高漲的時際，突然自柳蔭深處竄出一條大蛇。驚叫一聲之後，鞦韆上的男童失足落入水中。一幅歡愉詩情的畫面，變成了噪雜混亂的救人場面了。

這以後，我再也沒見過鞦韆，更沒盪過鞦韆。在我成長的歲時中，從戰亂到承平，在我就讀的學校中沒見過，在公園中未見過，在大戶人家的宅第也未見過。

「牆內鞦韆牆外道，牆外行人牆裡佳人笑。笑聲不聞聲漸悄，多情反被無情惱。」舊詞中的鞦韆景色，也一直到了大學時期方入夢來。

棲遲天涯，人已古稀。隔了大海重洋，回首家園，鄉關遙遠。而漸然感到對於中土的多情，竟彷彿似牆外道上的行人，「笑聲不聞聲漸悄，多情反被無情惱」了。

我家附近公園內的鞦韆，我從未想過要坐上去盪它一番。意識感念中，盪鞦韆是屬於女士及孩童的娛樂。一個大男人盪鞦韆，盪得再好再高，都似乎缺乏溫馨引人的氣氛。這雖說與政治無關，但我感覺此生恐怕不會坐在鞦韆之上了。

（寄自加州）

二〇〇九年三月十日美國《世界日報》

搖籃曲及其他

今早一如既往日行之例去公園散步。

昨夜落過雨，路面還殘留著零星的潮濕痕處處。而草地上的雨珠，在清潤的空氣中隨朝日的照耀閃動著，機靈明亮得惹眼。陣陣微風拂過，讓我滿心有歡暢的快感。就在行過設有鞦韆、滑梯、沙灘的兒童遊樂區時，看見一位年輕的母親，長髮披肩，穿著鬆寬的長裙，一手撐在木凳上，一手徐緩推動貼在身畔的折疊式輕便嬰兒推車，癡望著車中的嬰兒，柔聲哼唱著聽不甚清的曲子。一下子使我憶想起幼時在中國，眼見許多中國母親輕輕推搖著竹製的搖籃，哼唱著搖籃曲，期待籃中的幼嬰安詳入夢的情景來了。

我自己有否躺臥在搖籃中，望著母親，聽著她柔情萬縷般的搖籃曲，已經無從知曉了。童年，在我尚無生活記憶的時候，已經被日寇侵華的無情砲火打散了。四歲不足，便隨父母離鄉四處逃難流浪了。可是，在貴州的早期歲時，母親產下四弟後，我確實親見她對臥在搖籃中的四弟，哼唱著搖籃曲的。太平歲月中的搖籃曲，也許我也聽聞過，但無記憶。搖籃曲的歌詞，可能並無一定的曲調，乃因千千萬萬母親而自異。我的母親對四弟哼唱的搖籃曲，我仍記得歌詞是這樣：

啊！啊！我的小寶寶，
安安穩穩睡著了。
今天睡得好，
明天起得早。
今天吃得飽，
明天去看操。
文也好，武也好，
只要本領高。
花園裡面穿著大紅袍。

啊！啊！我的小寶寶，
安安穩穩睡著了。

亂世擾攘歲月中的母親，肯定與太平歲月中的母親，因環境、因生活、因感受而有發自內心不同的呼聲。因此，我自己在古稀之年回想起來，越發覺得母親對四弟所哼唱的搖籃曲，有極大可能是她的心聲。重文輕武，那是中國人歷來的認知。母親唱出了「文也好，武也好，只要本領高」來，不是由於國難，焉會如此？母親是一個高級知識分子，她的人生觀，在擾攘歲流中，顯然是經過調整了。「花園裡面穿著大紅袍」一句，尤其可以窺出她對四弟的期盼。因為，有大花園的家宅，只有穿著華服的大人物方才擁有。對於中國歷來一般善良百姓的母親來說，只要孩子長大成人後的生活是「今天睡得好，明天吃得飽」就心滿意足了，她們不會有孩子未來定是穿金戴玉，幽居深宅大院，僮僕盈門，在花園中閒散的那種奢望的。母親所唱出的搖籃曲，竟然示意著自己由高級知識分子降尊為一介平民，顯然是有心不甘願，望子成龍的殷切盼望的。

時代在進展，加上生活的躍異，搖籃那樣的東西，可能已經失傳了吧。再加上知識的日新超越，現代婦女只顧隆胸而不願對幼嬰哺乳；分房分床的新觀念已經根深柢固，母親與幼嬰已無以往的肌膚之親；婦女享受男女平權，有自己的工作，不再靜待家中，對嬰兒哼唱搖籃曲了。

今早由公園返家，後院鳥鳴聲急湊頻頻。我推門出去看望，但見灰色體如粽子大小的小鳥兩隻，在樹梢酬唱。住在都市中，有鳥可觀，尤其是更能聽到鳥兒的啁啾，或許這僅是居住在有花園、草坪、樹木的獨立家屋中人才可以欣享。住在如春筍拔生的高樓大廈中，大概是無緣享有的。住在欠缺個性的高樓公寓中，也許有乘風的快意，卻恰似不再躺在簡便但安適的搖籃內，也聆聽不到母親柔綿情深的搖籃曲了，享受不到人生中母親對於自己如此貼切獨鍾柔蜜的情愛了。想來真覺可嘆。

母親仙逝業已有年，不知道她在離開人間後，可曾仍哼唱過搖籃曲？

二〇一二年八月《文訊》雜誌

老來俏

「老來俏」一語，意謂進入花甲古稀之齡，猶不減英少俊酷之氣；姑無論衣著、打扮、語言、行止、興趣……皆似花花少年也。而我在這裡所謂「俏」者，更有不因體邁年高而稍減令人感佩欽羨的風流氣概的勇敢。

老同學（初中、高中、大學三度同窗）、故交、乾親家（我妻為其么女之乾媽）曲協和兄，近期以古稀高齡為其少爺及么女主婚為老來俏之一；內親連襟張至璋，耳順之年作跨洲際大搬家，自澳大利亞移民來美為其二。

協和主婚，子與女新潮作風，都不在自宅、教堂，這也罷了；然則，喜筵之設，協和決意親自與絢暉大嫂共同主持，不能順從兒女意願。他們選擇了在金山灣區中菜館「大鴻福」餐廳舉辦，意在喜張福順，展示「俏」意。喝喜酒的那天，協和絢暉二老，滿臉祥悅慈和，一再攬住兩位新人，不停向眾賓客推介，其心和意滿，不待言說。而二老打扮之俏麗，絕非四、五十光景之主持人方有的容光煥發，豪情不減一分，真令我這老同學難忘。協和與我，棲遲域外，竟同在美國加州北部之金山海灣區，兩家相距不足兩哩，真乃緣也。喜筵那晚，協和絢暉衣襟上的那簇鮮花，亮麗十分，俏氣奪人。

至璋與咪咪（夏祖麗），俱已耳順，且至璋一年後即入古稀之境了，竟然「不甘寂寞」，不計後果毅然跨赤道奔向美國，這等大勇對我而言，又是純然綻示了「花俏」勁頭。他們二老無有子女隨身相輔料理行前細瑣，舉凡整頓家屋、自宅出售、行囊打點、寄贈、廉售和拋棄物什、辦理任何相關事務……事事躬親。我知悉之後，真是衷心感佩，動容十分。於是，捉筆寫了一篇俚語長短句用誌其人其事：

耳順之年大搬家，
跨越赤道來美加。
大鵬水擊三千里，
飛機凌空一日達。

大包小包親打理，
該丟該贈任由它。
使出吃奶勁，
不喘眼不眨。
嘀嘀咕咕幾經年，
心橫意決我來啦。
古德拜澳大利亞❶，
哈個骨亞美利加❷。
萬事從頭來，
老運還不差。
鍋盤碗筷逐一備，
車床桌椅加沙發。
金山天時冠五洲，
葡萄美酒大龍蝦。

新事新物氣氛好，
故人故情姊妹花❸。
哈！哈！哈！搬新家！
達！達！達！吹喇叭。
除舊迎新精神爽，
棲遲歲月終有涯。
花旗生活今日始，
是好是歹端看咱。

時下老年婦女搽胭脂、抹粉、塗口紅、戴假睫毛、佩項圈手鐲、衣著大紅大綠，已是尋常之事，早已不必另眼相看了。是此，男士跳跳勁舞、炒炒菜、栽栽花、養養草、打打電腦……在行止上都可一展「俏」意，豈不甚好？

總之，老來俏者，不服老、不懼老、配合老、擁抱老、親親老也。

註釋：

❶「古德拜」，英語 Good-bye 一詞音譯也。

❷「哈個骨」，英語 Hug 一詞音譯也，再參與此字之日語發音組成。

❸姊妹花者，祖麗在灣區之姊妹祖美、祖葳也。

二〇一〇年十一月《文訊》雜誌

記夢一則

近數日來，社交頻繁，應酬太多，覺得累了。昨夜返家，換上便服，門窗盡開，把鬱悶又熱燥的空氣加以調適。之後，沏上一杯今年春間返臺朋友相贈的上好凍頂茶，半坐半臥在沙發上，呷了兩口，閉上眼，竟然幽幽睡去。不但睡去，還做起夢來了。夢回對日抗戰童少期，硝煙彈雨下的殘缺片斷安和日子，跟一群孩子，走在青山下的柳岸河邊。夕陽漸落，但見清波遠處駕了小船的老漁翁，手執釣竿，在戰亂中的世外桃源掌握了極其短暫的寧靜。天人合一的尊諧氣氛，大寂渾然，漫漫四野。而就在夢中，童少期間曾經習唱的兩首〈漁翁曲〉，忽自天外飄來：

老漁翁，斜釣竿，

213　記夢一則

靠山崖，傍水灣。
沙鷗點點清波遠，
荻港蕭蕭泊舟寒。
扁舟來往無牽絆，
高歌一曲斜陽轉。
一霎時，波搖金影；
猛抬頭，月上東山。

×××

漁翁樂陶然。
駕小船，
身上簑衣穿，
手持釣魚竿，
船頭站。
捉魚在竹籃。

錦色鯉魚，
對對顏色鮮。
河東河北蛟龍翻。
兩岸，垂楊柳，
柳含煙。
人在夕陽殘。
長街賣魚還。
沽一杯，美酒兒，
好把魚來煎。
夜晚睡在蘆葦邊。
酒醉後，歌一曲，
明月正滿船。
漁翁樂陶然。

夕陽下的柳岸河邊、小船、手執釣竿的老漁夫、市易後沽酒返回柳岸河邊、煎魚小飲、皓月當空中微醺哼著小曲幽然入夢……那樣的畫面，正是我們現在繁忙、枯寂、不見清波盪漾的社會生活中所缺少的。我的童少時代，正值國家民族遭逢大難，而猶能在那樣貧瘠、愁苦、憂患的日子裡，偶見清光乍現散漫，自得其樂，較之生活在現代幾乎純物質的現實生活中的人們，似乎可以自稱是「幸福」了。福與樂，原係自屬性的東西，而現在的價值觀卻有統一不變的規畫，比方說，貧與富，就憑一個數據定奪。但是價值觀並非一成不易，故而福與樂也絕非整齊劃一的求取。總之，對現代人來說，喪失了「清」的觀念而不自覺，也許正是大悲之所在罷。

我在夢中捕捉到了兩首童少期習唱的歌曲，久矣久矣不在記憶中起伏閃爍了。然則，夢醒之後，竟然一字不差的可以記錄下來，這樣的「靈」的閃牽，怕也不是電腦時代的學子可以確切理解的。我的感覺是，電腦似乎記錄了一切，就連夢，恐怕有一天也會記錄在電腦中。這樣說來，豈非一旦沒有電腦，連夢也沒有了？現代人的生活，「清」是愈來愈少，「平」愈來愈少，「趣」也愈來愈少，總之，愈來愈僵化了。平少清少，正由於每日不自覺與生活抗衡——與環境抗衡、與工作抗衡、與世界抗衡、與觀念抗衡（同性戀、男女平等、以假亂真、造反有理……）。「小我」一直要鬥爭「大我」，人們過分強調「不進則退」的原理，顢頇、衝動，到了最後，恐怕連老漁翁山崖柳岸水邊獨釣的一點自由也無剩了。

可嘆呀！

我真不願再看見電腦，就讓我輕輕鬆鬆、自自在在、舒舒坦坦、快快樂樂地沉浸在夢中吧！等夢醒時，可以好好地將那純然的夢記錄下來。

二〇一三年十一月《文訊》雜誌

九重葛

我家後院左牆角處的一叢繁茂的九重葛（Bougainvillea，原產美洲的一種熱帶屬性、可竄長似樹的爬藤。開紫紅色狀如乒乓球大小苞形球花。花季很長，入夏最是亮麗顯眼。開花在似新筍竄生的枝頭，成簇成串，像極了京劇中披甲出場武生演員背上插配的小旗，臨風飄搖舞動，予人得意勝出兼有瀟灑可親可敬的感覺），那天午後自學校返家時，發現已被人遵妻囑給伐去竟半了。

這株九重葛，約四十年前遷來時即見。它原係鄰居傅朗柯先生家屋後園中的一株初植未久的植物，並非我家杏莊所有。彷彿提斗大筆筆桿粗細，兩年後不期在其調皮搗蛋歲時竟踰牆探頭探腦了。傅先生大約也以為它似屬《西廂記》中逾越西廂夜探崔鶯鶯的登徒子張生，覺得有失規矩。某次曾與妻在隔籬談說時示意要將其砍伐而後快。妻則稱說它花開甚美，既不擾人侵私，何妨留之。九重葛因此保住了一命。萬萬不料三十年後，這猶似逾矩的張生，如今已是中國古劇中的「老兒」了；而西廂中自始也未有什麼粉黛佳人鶯鶯，原來西廂中的幼子誠兒，早已成長離家，人在他鄉；且當年年過八旬的鄰家主人，一頭銀髮的傅朗柯先生已西歸二十餘年，絢美綽約臨風立的我家娘子也已花甲老婦；人間景易，世事滄桑，有情種之稱但無偷香之實的老兒張生九重葛，竟遭腰斬橫禍，念之思之，熱人胸臆。

葛藤植物，我原本鍾愛。喜其不甘寂寞，不挺身迎人而終攀爬向上一展英發美姿。即以這株九重葛來說，三十年來高達三丈，被其攀附的一株矮松，終因枝蔓纏身，癱然死去。說也奇怪，這株九重葛不安於室，自茁壯之後，探頸延伸過牆，竟然在我家後院抖擻風華，把酒蟹居的後院增添了無限風光，不知這是不是令其主人傅朗柯先生蓄意砍伐的原因。每到夏至，紫紅色花簇把我家後園盛大情溢地罩住了。傍晚時分，在夕陽下賞花，真有富實福盈的快意。此刻，院中其他的草本花卉，雖也五光十色爭寵，卻都被這株巨樹般的九重葛奪去。「後宮佳麗三千人，三千寵愛在一身」，不但楊貴妃的出現而令唐主覺得「六宮粉黛無顏色」，我雖非唐主，卻也對其偏愛起來了。

其實，我於後院中植物對九重葛有所偏愛，倒並非因為它的風華絕姿，且我也從未以「天子」自居。我喜愛九重葛，最重要的是它具有一些叛逆性格。這就跟漂洋過海，自根深的祖國前來新大陸重投新生的華僑一樣。吸收異國文化是有一定程度的，但絕對不可以斷根求榮。斷根求榮的結果，並未能全然取得當地人的認同。而有時甚至招來另眼看待。我在三十年前教過一位華僑女學生，她告訴我說自己從小拒學中文，也拒吃中餐，不會用筷子，因為她自認是百分之百土生土長的美國人。在中學時，某次她與同學同往紐約的「中國城」(China town) 遊逛。到了吃午飯的時候，跟純美國人朋友一起去中餐館用餐。席間，侍者給她的中文菜單她看不懂，侍者跟她說中文她聽不懂，她更不會使用筷子，也不喝茶。於是，她的純美國人朋友譏笑她是「假中國人」。這個意外的稱呼使她強烈的意識到她自己在純白人的美國人眼中，實際上是一個「假美國人」，但她卻不自知。這個刺激，促使她學習中文。最後，她去了中國，而且澈底嫁了一個純種中國男人，一去不返。

九重葛是一種有刺的爬藤植物，它並不似其他植物輕易變成任人修剪砍伐的對象。它能在生存環境中，依勢依需要自力更生向上竄長，開出紫紅的花，展示絕代風華。九重葛是很有個性的植物。「九重」這名字譯得好，它真是不甘寂寞，自升九重。我常站立在九重葛下，仰首看視。望見那一枝枝簇滿花朵瀟灑飄搖於風中，彷彿看見了襯在藍天中滿面東方笑容的楊振寧、李遠哲、馬友友、郎朗、胡適……。

每到夏天，我自學校下課歸家，一路上經過七、八戶前門及院內種植了九重葛的人家。紅花引人，彩放遐邇，即刻精神抖擻，容光煥發起來。我在心中就不免暗喜地說：「最後的九重葛人家便是莊家了」。

這次我家後院本屬鄰家的九重葛竟遭斧斫腰斬的命運，真的令我感慨。按照美國通例，鄰家植物，倘使入侵自己院內，屋主是有全權不需知會鄰居而處理的。但是妻並非使用這一慣例，而是因為那叢過分竄長的九重葛，長進了後院籬牆上方懸在樹間電線上的黑盒子中去了。黑盒子是下接我家屋內的電腦及電視的。前一陣子電視畫面忽而扭曲忽而閃爍不已，甚至模糊不清，所幸我用手指在插頭處稍加撥弄擰緊，可以「解決」區區小事，繼續觀賞，也就不以為意。殊知鄰室在使用電腦的妻，面對螢光幕，居然一片黑暗，於是召喚提供電視收視的廠家派人前來查看。據稱是因屋外後院懸在樹椏間的電線上的「黑盒子」，經九重葛騷擾致生不良反應。於是乎，為了當前的人權及生活，也就顧不得什麼外來僑民應有的些許叛逆性格的文化情思，捨棄了引人入勝的姿容，妻同意了來人將九重葛腰斬以除後患了。人為現實低頭，常常是不得已的，我想。但是，如果我早將心愛的九重葛稍加修剪，戒除其過分囂張自負，便似乎可以兩全其美了。

九重葛是生命延續力極強的植物。腰斬處，就會開長出一串串簇擁的紫紅花來，依舊似楊振寧、李遠哲、胡適、馬友友、郎朗……那樣，展顯中國人的深厚文化氣質，襯在藍天下，面帶笑容……。

二〇〇六年十一月九日《中國時報》

春之命題

1. 桃花

前數日去近處公園散步。

自家屋至目的地約兩條街口，繞道而行，轉彎處，鄰宅屋前臨街的一棵桃樹，不意數日之間，已經花瓣凋零，飄落一地。踏花緩步，覺得有一種微微噬心的傷痛，卻又掀起陣陣曼妙醉醺的喜悅，浪漫溫馨，竟迎風展笑起來，突然產生清喉高唱「青春結伴好還鄉」的衝動。「踏花歸去馬蹄香」，我如果乘風還鄉，手握一把桃花，凌空拋灑，該是多麼令人神怡情颺的逍遙，較之天女散花更能自我陶醉了。

桃花解瓣隨風，我倒覺得並不足憐。這比許多花種在凋謝時整朵似人頭落地要解意惹人多多了。微風拂面，香飄千里，意在胸臆，情散空中。這樣的移情，夠瀟灑也夠浪漫的了。

我拾揀了兩片桃瓣，散步後返家夾放書頁中，期待夜讀時的溫潤浪漫和青春回體帶給我的快慰。

2. 遠足

少時，每到春天來了，老師就會宣布帶領我們學生到市外郊遊的動議。

那真是天大的無可取代的福樂。

母親為我於遠足的前夕蒸製了饅頭，夾層塗抹豆腐乳，再配上一個荷包蛋，外加一小包她手製的泡菜及一瓶白開水。入夜睡覺後，她把遠足需備的東西放置我的書包裡，擺在床前的凳子上。第二天清早起來，一眼就看見書包。知道那裡邊沒有書冊，沒有墨盒毛筆，也沒有毽子和水槍，全是我喜歡的吃食。那種欣快滿足，豈是今日兒童驚訝具有自己的電玩可比。

春風吹面薄於紗，春人裝束淡如畫。遊春人在畫中行，翩躚飛舞滿天下。

歌聲隨伴遠足的隊伍振振向前。青山默默，流水淙淙，黛綠滿眼，人已經全然沒入春懷了。

3. 風箏

風箏的另一名字叫「紙鳶」，我不喜歡。「箏」是器物的名稱，因風飄揚，巡舞空際，給人凌雲志向及逍遙的欣喜。「鳶」是動物之名，騰空俯眺，自由遨翔，自小我的志向就經牠提升遠逸，有一種無可名狀的神威感受。可是鳶字上面加了一個「紙」字，假意十分，把鳶的鷹揚完完全全藐忽了。任何物件，凡虛偽假象便令人生厭，就像人們為往生的親人燒錢紙祭弔，為何不燒真鈔（即使是面額較小的真鈔）以表「真」情？真情是不容強奪的。

小時候春天放的風箏，多是自己手製。有長龍、蝴蝶、八卦、蜈蚣、燕子。有時風箏底下繫了紙條飄帶，迎風搖曳，非常誘人。放風箏有一種人隨箏舞、凌空足意漫遊的豪爽遐想，不似時下用電池操控的小飛機玩具，你完全沒有參與感。可惜時下兒童偏偏酷愛機械的文明，把靈活的情與意全拋棄了。「春」，被金屬塑料製的小飛機玩具蹧蹋了。

4. 春酒、春餅、春卷及春雨

前面的三項飲食都是我喜愛的。尤其以「春」冠之，彷彿把「春」都溶入包入進去了。這般美食吃在腹中，怎不令你盪漾情生？後尾的一項「春雨」，其實也是食物的一種，即是「粉絲」或「粉條」。日本人管這樣的食品名為「春雨」，極是浪漫美好。中國人原是講究食的藝術的民族，而這份榮耀卻被日本人奪去了。中菜名目中有「叫化子雞」及「螞蟻上樹」二味，讓人看了食慾全失。「螞蟻上樹」也是粉絲製作的菜名，但怎可與「春雨」相提並論！吃，也該多少浪漫一些才是。

5. 杜鵑

淡淡的三月天，杜鵑花開在山坡上，杜鵑花開在小溪畔。多美麗呀……

不知怎的，這首自幼小就習唱的歌曲，時時刻刻都會縈胸繞臆，到了我已達耄耋之年仍往往脫口而出。雖不是春天，只要心情佳好時便會哼唱。當然，莫消說是真的春天來了。

在我幼少時，杜鵑花真的是歌詞中所說，是開在山坡上，開在小溪畔的一種淡雅可人的野花，沒有人將它種植於都市中的花圃的。這樣，杜鵑花跟春同步，浪蕩於清新明亮的大自然中。

大自然一定不能與人氣汙雜。而春是藥引，經微風吹拂花草時，杜鵑花就展笑相迎了。大自然更美了。

杜鵑花色淡而秀，不以濃鬱亮顏示人。春花殊多，但如杜鵑之淡雅宜人者卻不多。我在臺大讀書時，鄭騫（因百）老師曾以他少時詩句見示：「春衫加意薄，有味是輕寒」。杜鵑真如薄衫少女，借春投出青春媚力。它不似桃花，雖浪漫而難免輕浮也缺少少女的盛潤鮮豔。杜鵑花叢扶疏不高，花沒有治麗容顏，卻有羞澀雅約的一面。

臺大校園內遍植杜鵑，春來時，真的是春色滿園。不知是誰給臺大校園起了「杜鵑城」這樣的美名，好極了。有一年回臺灣，正是春天，我在機場搭乘計程車逕奔臺大，不知何故脫口對開車人說：「去杜鵑城。」開車人聞說笑了，道：「你是說臺灣大學嗎？」我是臺大人，但我不知道世界上哪還有托著美名「杜鵑城」的大學校園。

二〇〇八年四月十九日《中國時報》

虹

午飯的時候，剛坐上桌，抬頭忽見天邊一條彩虹展現。呈大彎形，襯得沿籬的一排紅豆十分耀眼。我怔怔望著，竟未舉箸，不期想望起少時的情景來了。

少時，身置對日抗戰，住在貴州安順。貴州是地理上所謂「天無三日晴，地無三尺平，人無三兩銀」的窮省。地處西南高原之上，以苗族居首的少數民族與漢人同處。苗族中的花苗一族，女生衣飾華麗，故而得名。在高原上，遠隔砲火，天都顯得特別湛藍，「晴空如洗」這句成語，對貴州該時（約七十餘年前）的天而言，確係精當。既是「天無三日晴」的地方，虹的閃現特多，一望見了，就會與別的孩子一起呼喚：「龍又來吃水了！」「虹」這個詞，當時並不知曉，課本上也未出現。但是，大家都呼之為「龍」，而龍是什麼，誰也不知道。在成人的感覺中，龍總是一種祥瑞的象徵吧。凡是天上出現的景觀，似乎無不吉利可喜。「龍吃水」這樣的遐想，美好之極。雖然人在戰亂中，卻真的有蘇東坡學士那「也無風雨也無晴」的逍遙瀟灑。戰亂中的人貴有真在世外桃源生活的情懷，不像我們今日的知識分子僅賴文字去設想。

當年在臺灣，住在鄉下的時節，還常看見龍吃水的。後來去臺北上大學，記憶中，竟從未有「龍吃水」的景觀出現在記憶中了。真有龍的話，怕那神靈也是不喜都市中心狡險虛偽的人吧。即使是吃水，都市中大約也尋不到清泉的。飲食起居，不管怎麼說，總該有其一定的讓人感到愜適的地方才是。

今天看見的虹，不知是否幼少時所見現身天際的龍。即使不是我當中熟稔的舊識，但也可能是死去了又復活了，探身昂首，跨天際，躍大海，尋訪棲遲天涯的我來了。這條龍的出現，果真令我驚喜，有如見故人的顫動的真實。這條龍的尾部，色彩豔麗，真有花苗少女身著繽紛衣飾隨樂起舞的曼妙，我也似乎看到了幼少時的我。但是，龍身一彎的另一端，卻色彩散淡，池遛到籬外大叢不知名的樹木後面去了。那大叢不知名樹木的後面，大約也就是人已古稀仍棲遲不時回首巴望鄉關的我吧。

能夠把白首身在天涯的我，與高原之巔的幼少時的我串連起來，這真是做夢也想不到的事。而跨過龍脊，我又可緩緩步回燦爛的童少了，多可喜可讚啊！這樣想著，此鄉的遊子何其多，如果有千百萬條龍出現在天上，每一位遊子都奉上清茶一盞似我，供龍解飲，那定是多美的景觀呀！

二〇一〇年四月《文訊》雜誌

酒的聯想

飲酒，似乎有著兩個層面的含義。一個是一般認為在某一特定的時空，飲稱之為「酒」的這種飲料，達到因酒的化學反應引起的快感，從而拂拭傷感、失望、憤怨、懊惱的情緒；或期發興奮、愉悅的激動。可是，飲酒還有一個高一層的意義，就是：不但達成予人感性的功能，尚有輔助理性平衡的作用。

可惜，一般地說，所謂飲酒，大家只認為是「助興」的一個代言。而對於飲酒高一層的含義，業已忽略甚或根本不顧了。

飲酒的高一層含義，我想只是在對修身養性的人而言，對於一般人來說，就可能是奢求了。陶淵明有〈飲酒詩〉二十首，開宗名卷就說：「道喪向千載，人人惜其情；有酒不肯飲，但顧世間名。」言外之意，「酒」就是人生的解藥，但是一般人都視如罔聞了。在那起首的四句之後，陶公又說：「所以貴我身，豈不在一生。一生復能幾，倏如流電驚。鼎鼎百年內，持此欲何成。」這就是陶氏認為的「解藥」。勿要枉走人世一遭，聰明人就當有「一生復能幾，倏如流電驚」的警惕。「也無風雨也無晴」的終其一生。常自在，那就是真的逍遙。

名與利，是兩樣虛無飄緲的東西，可是一般人卻追名求利，無所不力。成天在外飲宴、與人接觸、忙東忙西，無非名利。卻忘了太太在家備妥的清粥小菜才是無有名利佐拌的純正美味。

哲學家似乎都認為人其實極愚。我最不喜歡人類自詡的「人為萬物之靈」這句話。最近閱讀了一篇文章，說世界可能在本世紀毀滅，這樣的說法其實並非突然降臨，而係其來有自了。科學的探躍使人著狂，實不知這純然是帶引人類走向滅亡。

我幼時在抗戰中的貴州省安順縣，沒有盛裝玻璃瓶存放的酒（我們對酒的故有俗稱「杯中物」，極好），市上有酒館，自釀的酒都放在大大的瓦罈中，用竹製的杓舀酒置於粗瓷的杯碗中，以供顧客。顧客們坐在沿街的長凳上，嗑著瓜子，嚼著茴香豆飲酒，極是暢然安適，抒情展笑，泰然自怡。酒客都是一般人民大眾，他們沒有奢想狂慾，都是

「常自在」的泛泛之輩。比起以知識自詡的知識分子，他們真的是陶公所謂的「所以貴我身，豈不在一生」的懂酒的人。

二〇〇九年十二月《文訊》雜誌

餘　韻

所謂餘韻，即是「情」的綿延。兩者相悅，情似投石下水，漣漪生焉。情既動，仍可深藏，纏綿久遠，在歷史的一點上幽光隱閃，這就是餘韻了。

我認為，在飄搖動盪中產生的情，較之平順時產生的更為堅韌撼人。生活安逸泰順，情往往隨時序流失；生活過於富裕，情之衍生遂也變得幽暗了。餘音餘韻，乃是穿舊布新的脈動。情與舊相通互動，然則，在一切尚新的環境裡，如果故舊不幸成為一般人們揚棄輕忽的對象，則情斷韻消。在這般環境裡，「見物思情」不具任何意義。臺灣歌曲中有〈舊情綿綿〉一曲，這歌名自始就予我深深領會。綿綿務需故舊才有情韻。往事當然是故舊的一種，思之便如抽絲剝繭，不斷永生。事端既已發生，在流水般的歲月時序中，那就是往事了，是歷史的存在了。我們不能說要或是不要，誰能如此這般蠻橫不講理的？

凡是歷史上發生的好的一切，屬於眾人也罷，屬於一己私心也罷，那縷縷情韻都長存。彷彿花的苞籽落地抽芽，茁壯成長，又復花開，再結籽，再入土，再抽發成長，綿綿不息。這就是情的過程。人之情原係心理上之一種動作，發於自然，喜、怒、哀、樂、懼、惡、愛，都實實在在，誠誠懇懇。這跟苞籽之入土抽生全然一理。

我在此言情，是複詞情愫、情調、情操、情懷、及情趣的綜合。如果要對情產生尊敬愛順，勢必要在這一串的複詞中一一細細體會。

前年年底返臺，參加母校臺中二中一九五三年畢業班同學會。到會老人許多都是時隔半個世紀以上未曾再見，大家都是所謂的耄耋者英了。彼此在對方臉上歲月刻下的紋路中去尋找當年的一言一行，在顯得乾陷下去的眼眶中搜索殘存的情意。這樣餘韻嬝嬝的同學會，我還是此生首次。「棄我去者昨日之日不可留，亂我心者今日之日多煩憂」，我多懷念那一長串似遠逸高空的風箏纏繞在手中的線繩般的歲時啊！剎那間，沒有怒、哀、懼、惡，只有喜樂與愛包潤著我。

此度返臺，還去了四弟莊靈在淡水樹梅坑楓丹白露山莊幻住居的新家。七樓之上，隔了淡水河遠眺對岸的觀音山及河口入海處的一片茫茫，那餘韻又在耳畔飄繞。暮色中，我坐在陽臺上的藤椅中啜著清茗，那餘韻將我牽向不知的遠方去，隱於無限好的夕照中。

在四弟家中整檢老父所遺故物，發現紙扇一包。其中的一扇，是當年（一九四八，民國三十七年抗戰勝利後父親自重慶還都南京的次年夏天）父親在京的北大故友朱家濟老伯與江寧文士畫家酈承銓（字衡叔）老伯二人書畫題寫的。家濟老伯自號餘清，當時任職國府糧食部，是父親就讀北京大學時的舊交同學；而承銓老伯則係新識屬於「舊京塵」的江南才子。父親當年居住在南京城西朝天宮畔冶山上故宮博物院的宿舍裡，家居是鐵皮屋頂簡陋的臨時宿舍，前後共得兩間小屋。八年對日抗戰之後，家國同需面對殘敗的生活環境，疾苦自不必說。父親在那樣困窘的歲時裡，仍重溫了他在北京抗戰前承平日子中逛書攤古玩鋪店的樂趣。不知在何處他尋到了一小塊作為舊臂擱的竹片，把玩不已。此物竟為常來朝天宮下父親宿舍行走的朱、酈兩位老伯雙雙看中，都想逼父親割愛，歸為己有。於是，朱老伯先在一把扇面上這樣寫下：

短纔一把餘，寬不容三指。不可打手心，不可當鎮紙。強呼作臂擱，看來了不似。風濤萬里外，何為竟買此。吁嗟有人不開眼，欲搶欲奪事端起。前有朱餘清，後有酈衡叔。愬之哀，商之孰。重金甘言幾往復，赤筋生臉光生目。主人懷以走，客人起相逐。

三繞朝天宮下屋，所爭半片湘妃竹。 書奉
墨林（父親別號）兄博笑 餘清

承銓老伯看了，遂在扇面的另一面上畫了水墨疏竹，並作了如下的題寫：

墨林道兄索愚畫竹，愚與此君似生疏已久，焉能為之傳神乎？寫此忽憶前日墨林案頭湘竹臂擱，幾有豪奪，敢告墨林慎藏之，恐得此竹後或失彼竹矣。呵呵，戊子（一九四八）夏承銓

餘清、衡叔兩位世伯，在戰火方歇未久，百事待舉的當年朝天宮下，拋開政治與經濟，同家父共度文人雅士的逸興逍遙的時光，那風流餘緒，自久遠的歷史中透出，曝陳在數千年來古都故蹟的朝天宮殘磚舊瓦之前，借著輕輕的一面紙扇，飄過海峽，落在臺灣。嬝嬝餘韻，不絕如縷。當我在淡水的海口神凝思馳時，都被反映在淡水河上的一片孤光隨風散逝了。

朱、酈兩位老伯題畫的扇子，歷時過久，原來貼在扇骨前後的扇面業已剝落，我看見了賣扇骨人毛筆題在扇骨上的幾個墨色猶鮮的字：「（民國）二十年夏北平蘇炳記，法幣八角」。是則，那餘韻更向上推進了十八年。朱、酈兩位老伯人在何處，是否健在，我

無由知悉。至少，當年在朝天宮下把握著一片湘妃竹，「主人懷以走」的家父，已經過世二十八年了。如果朱、酈兩位老伯仍在南京的話，父親是否人在天上，撥弦餘韻，與他們共度詩酒良宵呢？

二〇〇八年七月二十九日《中國時報》

送報甘苦談

我平生第一份工作是派送報紙。

可是，我的送報工作，不是職業報販，亦不是非徵即求得來，是經人薦舉而得，且毫無契約性。它是當年臺灣大學的學生專為校方各單位派送報紙的一份「差事」，類似「工讀金」的行為。

我在臺大求學的第三年，原來的送報生——外文系四年級的師兄臺益堅（家父當年北大同學結為世交的臺大中文系教授臺靜農先生的長公子）因畢業而把工作交到了我手裡。我的報紙訂戶，是臺大各有關單位（包括不在校總區的法、醫二學院）及各學生宿舍。所以派送報紙，不似一般個人訂戶有停訂、增訂上的困擾。除少數例外，幾乎是「整體交易」。每月月底，我便可到校總區會計室出納組領取國庫支票一紙。因此，當時許多覬覦這份「肥缺」的職業報販，紛紛向我行賄，但都被我一一斥拒了。

每天早上五時起床，別人都尚在好夢酣睡中，而我則在冷水漱洗之後，著衣、忍飢、跨上鐵馬（自行車）揚長上路了。取報地點是離臺北火車站不遠的中正路上的中央日報社門口。當年的報紙，分量不豐，整疊置放在懸於車把上的一個美軍用的帆布袋內，單車後方輪上的支架上也用蔴繩繫好一疊。取得報份後，在蹬車派送途上，先把若干個體戶所訂報紙一份份摺成如戒尺般大小長短，再用橡皮筋套牢；騎車過戶時，不下車，隨手拋投，恰似籃球高手投籃一般，「刷」的一聲，端端正正拋在門口，彈無虛發。雨天送報，這項神射高技更顯出其重要性；門口通常會有一小塊未受雨水浸濕的地方，我一伸手拋投，那份報紙便應聲落在該處了。

雨天送報所穿的雨衣，是自中華路地攤上買來的美國海軍黑色厚帆布雨衣。冒雨而行，雨水噴面，兩腳已濕，有時想到當天舉行的期中考試，心中焦急，便加快蹬車。此時，想起了幼少時習唱的二、三〇年代描述報童的電影插曲來：「啦……啦……啦……我是賣報的小行家，不等天亮去賣報，走不好，滑一跤。滿身的泥水惹人笑。一個銅板就買兩份報。」立時感到自己當時的境遇與報童有天壤之別：我有單車可騎、有雨衣可穿、也不會滑跤、每月尚可以領得國庫支票一紙，也不會有滿身泥水的尷尬……似乎失去了甜美睡夢也都值得了。

世上任何事，初做時，都不免感到辛苦。但如果有一份通達的心，你便會將視野感受拓寬，看見事情一體的另一面，「甘」於是就會點滴溢出。拿送報來說，你如果把披星戴月起床、風雨無阻騎車奔走看成眾人皆睡而己獨醒的機緣，感嘆就會化成快意了。再說，報紙送到宿舍，巴望著當天大事要聞的同學一手搶去爭相傳閱的時候，你會產生賜予福樂的滿足感；而當同寢室的朋友為你預留的一碗熱粥及小菜呈現眼前時，幾粒油炸花生頓時變成奇香異果，你就能體會聖誕老人擁逗孩童時「呵呵呵……」的足意感受了。

（寄自加州）

二〇一一年一月十九日美國《世界日報》

琦君小品（三版）

琦君 著

琦君的作品向以溫暖敦厚著稱，本書集結她各類的創作形式：清新流暢的散文，記錄了對生活的回憶與雜感；精緻細膩的「小小說」，是作者最鍾愛的短篇作品；情韻兼備的填詞創作，充分展現了她深厚的國學涵養；讀書與寫作經驗談，則可一窺其內斂成熟的寫作技巧。就像品嘗一碟爽口的小菜，帶給您清淡恬雅的心靈享受。

國家圖書館出版品預行編目資料

嶺深道遠 / 莊因著. −−初版一刷. −−臺北市:
三民, 2016
面; 公分. −−(三民叢刊:303)

ISBN 978-957-14-6168-7 (平裝)

855 105009818

© 嶺深道遠

著作人	莊 因
責任編輯	江科翰
美術設計	陳智嫣
發行人	劉振強
著作財產權人	三民書局股份有限公司
發行所	三民書局股份有限公司
	地址 臺北市復興北路386號
	電話 (02)25006600
	郵撥帳號 0009998-5
門市部	(復北店) 臺北市復興北路386號
	(重南店) 臺北市重慶南路一段61號
出版日期	初版一刷 2016年6月
編號	S 811650

行政院新聞局登記證局版臺業字第〇二〇〇號

ISBN 978-957-14-6168-7 (平裝)

http://www.sanmin.com.tw 三民網路書店